Sebastian Rook

Das Böse erwacht

Ins Deutsche übertragen von
Mareike Weber

KOSMOS

Umschlaggestaltung von Atelier Reichert, Stuttgart
unter Verwendung einer Illustration von Felix Scheinberger, Karlsruhe

Aus dem Englischen übersetzt von Mareike Weber.

Titel der englischen Originalausgabe: Vampire Plagues – London

First published by Scholastic, UK 2004

Für Joe Heaney
Mit besonderem Dank an Ben Jeapes

Dieses Buch folgt den Regeln der neuen Rechtschreibung.

Bibliografische Information der Deutschen Bibliothek
Die deutsche Bibliothek verzeichnet diese Publikation in der Deutschen Nationalbibliografie; detaillierte bibliografische Daten sind im Internet über http://dnb.ddb abrufbar.

ISBN 3-440-10210-6
Redaktion: Martina Zierold
Layout: Ralf Paucke
Produktion: Ralf Paucke
Printed in the Czech Republic / Imprimé en République tchèque

Invasion der Vampire

Das Böse erwacht

1

London, im Mai 1860

In den Londoner Docks herrschte wie jeden Abend geschäftiges Treiben. Dicht an dicht lagen die Schiffe beieinander. So viele waren es, dass man kaum das dunkle Wasser zwischen ihnen erkennen konnte und ihre Masten aussahen wie ein Wald von hohen, dünnen Bäumen. Auf der anderen Flussseite glühte der Tower von London rot im Abendlicht. Die untergehende Sonne malte rote und schwarze Streifen auf die Rücken der Matrosen und Hafenarbeiter, die bei den Booten beschäftigt waren.

Jack Harkett kauerte neben einem Stapel verwitterter Teekisten von einem Handelsschiff aus Kalkutta. Er war ein dünner, drahtiger Junge mit dunkelbraunem Haar und blauen Augen. Die Londoner Docks waren während der ganzen zwölf Jahre seines Lebens sein Zuhause gewesen. Er liebte die exotischen Düfte von Gewürzen aus fernen Ländern, den vertrauten Geruch von Schiffsteer und sogar den fauligen Gestank des ekligen Flussschlamms bei Ebbe. Vor allem aber liebte er die Möglichkeiten, die sich in den Docks boten.

Eine solche kam gerade auf ihn zuspaziert. Ein Herr im Gehrock und mit Zylinder geleitete eine Dame durch das Gewühl des Hafens. An den Kisten vorbei und über Haufen von Pferdemist hinweg bahnte sich das elegante Paar seinen Weg durch die Menge. Es war ganz offensichtlich, dass sie sich hier nicht auskannten. Vielleicht waren sie mit jemandem verabredet oder vielleicht war der Mann an irgendeiner Schiffsfracht interessiert. Jack sprang auf ihn zu. „Wollen Sie jemanden vom Schiff abholen, Sir?“, fragte er mit einem strahlenden Lächeln. „Soll ich Sie hinführen?“

Der Mann betrachtete Jack von oben bis unten und rümpfte die Nase. Die Frau starrte ihn einfach nur an. Keiner von beiden hatte Zeit, sich mit schmuddeligem Hafengesindel abzugeben.

„Ich denke, nein“, antwortete der Mann steif. Sie gingen weiter und der Mann presste eine Hand auf seine Gesäßtasche, um zu überprüfen, ob seine Geldbörse noch da war. Leider diente das nur dazu, Jack ganz genau zu zeigen, wo der Mann die Geldbörse aufbewahrte. Jack zuckte die Achseln. Er hatte es auf die höfliche Art versucht – er versuchte das immer zuerst –, aber er hatte einen hungrigen Magen zu füllen, und wenn Höflichkeit nichts brachte, tja, dann gab es auch andere Möglichkeiten ...

Jack folgte dem Paar und näherte sich ihnen Stück für Stück. Er war nur noch drei Meter von ihnen entfernt, als zwei junge Burschen ihm den Weg abschnitten und seinen Blick auf den Mann blockierten. Sie waren beide um einiges größer als Jack und so hütete er sich, ihnen in die Quere zu kommen. Sie wussten genau, was er vorhatte. Einer von ihnen warf ihm einen finsteren Blick zu, um ihn fern zu halten. Der andere rempelte den Mann an und entschuldigte sich. Der Herr nickte und ging mit seiner Dame weiter. Jack konnte nur noch einen flüchtigen Blick auf die Geldbörse erhaschen, die in der Hosentasche des Jungen verschwand. Jack machte ein langes Gesicht.

Der Junge, der ihn so finster angesehen hatte, grinste. „Da hast du was, armes Würstchen“, sagte er und warf Jack einen Penny zu. Dann verschwanden er und sein Komplize in der Menge.

Jack fing den Penny auf. Es war nicht so viel, wie er gehofft hatte, aber es bedeutete immerhin, dass er etwas in den Bauch bekommen konnte. In den Docks dachte jeder zuerst an sich, aber niemand würde jemand anderen verhungern lassen.

Und so ging das an fast jedem Tag in Jacks Leben.

Für den Penny kaufte er sich eine Pastete von einem der Stände am Ufer. Die Sonne war jetzt nur noch ein schmaler Streifen am Horizont. Schon bald würde es zu dunkel zum Navigieren sein und jene Schiffe, die es nicht mehr ganz in den Hafen geschafft hatten, würden draußen auf dem Fluss ihre Anker werfen und dort auf den Tagesanbruch warten. Ein Schiff aber nutzte gerade noch den Strom vor dem Gezeitenwechsel aus und lief in den Hafen ein.

Jack saß auf einem Pfeiler und beobachtete träge die Ankunft des Schiffes. Es war ein Dreimaster, vermutlich aus Indien, Amerika oder sogar Australien. Jack wusste, dass London im Jahr 1860 das Herz eines weltumspannenden Reiches war. Er hatte sein ganzes Leben hier verbracht, aber in seiner Fantasie ging er gerne auf Reisen. Eines Tages, schwor er sich, würde er all diese exotischen Orte selbst besuchen.

Gerade in dem Moment, als die Sonne endgültig verschwand, erreichte das Schiff den Hafen. Plötzlich schien sich eine riesige schwarze Wolke vom Deck zu erheben. Aber es war kein Rauch oder Nebel. Es war etwas anderes – etwas Unheimliches, Tierisches. Es schoss direkt auf Jack herab, sodass er mit einem Schrei rückwärts von seinem Pfeiler fiel. Schwarze Wesen, so groß wie Krähen, schwirrten nur Zentimeter über seinen Kopf hinweg. Es waren Fledermäuse, hunderte von ihnen und die größten, die er je gesehen hatte. Für einen Augenblick schwebte die dunkle, flatternde Masse am Nachthimmel. Dann stoben die Fledermäuse in alle Richtungen auseinander und verschwanden in den Gassen und Wasserwegen der Docks. Einige von ihnen zerstreuten sich über dem Fluss und flogen auf den Tower und die mächtige Kuppel von St. Paul's zu.

Jack beobachtete wie sie wegflogen und wandte sich dann verwundert wieder dem Schiff zu. Sicher kam es von einem Kontinent, der auf keiner Karte verzeichnet war, oder von einer fernen Urwaldinsel. Große Entdecker mussten in das dunkle Hinterland eines lebensfeindlichen Landes vorgedrungen sein und außergewöhnliche, fremdartige Tiere mitgebracht haben. Und vielleicht auch wundersame Schätze! Jack rieb sich in der kalten Nachtluft die Hände und machte sich auf den Weg zum Ankerplatz des Schiffes.

Jetzt, da die Sonne verschwunden war, war das Schiff nur ein riesenhaftes Gebilde in der Dunkelheit, kaum erleuchtet von den Uferlaternen. Die Hafenarbeiter auf dem Kai hielten sich bereit, die Taue entgegenzunehmen, als das Schiff längsseits anlegte.

Jack drückte sich im Schatten eines Lagerhauses herum und verfolgte das Geschehen. Er war nicht so dumm, sich sehen zu lassen. Ankommende Schiffe waren leichte Beute und die Hafenarbeiter würden ihn wahrscheinlich wegjagen, wenn sie ihn entdecken würden.

Der Hafenmeister schritt auf dem Kai auf und ab, während die Arbeiter das Schiff vertäuten. Um diese Zeit sollte er eigentlich schon auf dem Weg nach Hause sein. Er hätte normalerweise gar nicht damit gerechnet, dass noch ein Schiff hereinkommen würde. Der Landungssteg senkte sich herab – eine hölzerne Brücke, die in die Dunkelheit des Decks führte. Der Hafenmeister und die Küstenmannschaft eilten an Bord. Jack entspannte sich. Er wusste, dass jetzt erst noch Formulare ausgefüllt und Zollverfahren durchgeführt werden mussten. Es würde eine Weile dauern, doch letzten Endes würde er an Bord schleichen und das Schiff erkunden können.

Aber nach weniger als einer Minute hörte er überraschte Ausrufe in der Dunkelheit und die Männer kamen eilig wieder die Landungsbrücke herunter. Sie hatten den entschlossenen Ausdruck von Leuten, die rennen wollen, aber sich zur Ruhe zwingen. „Das geht doch nicht mit rechten Dingen zu“, murmelte einer der Männer, der an Jack vorbeieilte.

Jack starrte ihnen nach, als sie an ihm vorbeihasteten und in der Finsternis verschwanden. Dann warf er einen Blick zurück auf das Schiff, das wie eine Schattengestalt reglos und still am Kai lag. Zu reglos, zu still.

Es waren keine Stimmen von Matrosen zu hören, die einander etwas zuriefen. Keine Schritte, die auf den hölzernen Decks widerhallten, und, was das Merkwürdigste war, es herrschte keine Eile, die Fracht zu entladen.

Jack runzelte die Stirn und machte einen Schritt nach vorn, hielt dann aber inne, als eine weitere Gestalt oben auf der Landungsbrücke auftauchte. Es war kein Matrose und auch kein Hafenarbeiter. Es war ein breitschultriger, kräftiger Mann; ein feiner Herr nach seiner Kleidung zu urteilen. Er trug einen langen schwarzen Mantel mit Pelzkragen und einen glänzenden Zylinder. In einer Hand hielt er einen Spazierstock mit silbernem Knauf. Er sah aus als käme er gerade aus einem Theater im Londoner Westend und nicht vom anderen Ende der Welt. Er blieb einen Moment stehen, um sein Halstuch zurechtzuzupfen, und kam dann den Spazierstock schwingend die Landungsbrücke herunter. Er ging geradewegs an Jack vorbei und verschwand in der Nacht. Die Schatten der Hafenanlagen verschluckten ihn, als würden sie ihn nach Hause holen.

Jack schauderte. Warum, wusste er nicht. Dies war doch nicht das erste Schiff, das des Nachts in London andockte. Und dieser Mann war nicht der erste gut gekleidete Herr, der von Bord ging.

Aber etwas hier war faul. Selbst nach Einbruch der Dunkelheit waren die Docks normalerweise voller Leben und Energie, aber irgendetwas an diesem Schiff schien diese Energie aufgesaugt zu haben.
Jack atmete tief durch. Er hatte sich vorgenommen, an Bord des Schiffes zu gehen, und dieser Herausforderung würde er sich nun auch stellen. Wenn ihn jetzt der Mut verließ, würde er nie in London überleben. Vorsichtig trat er aus dem Schatten hervor, aber eine neue Bewegung auf der Landungsbrücke ließ ihn gleich darauf in sein Versteck zurückhuschen.
Ein Junge trat in das Uferlicht und stahl sich langsam und zögerlich von Bord.
Jack stieß einen Seufzer der Erleichterung aus. Der Junge war bestimmt nicht viel älter als er selbst. Im Gegensatz zu dem Mann sah er wirklich aus, als sei er auf Reisen gewesen. Er war dünn, sein Haar war verklebt und verfilzt, und seine Kleidung war wie die von Jack verdreckt und zerknittert. Jack vermutete, dass er ein Schiffsjunge oder der Sohn eines Matrosen war. Wer auch immer er war – auf jeden Fall war Jack viel eher danach zu Mute, mit ihm zu sprechen als mit dem Mann in Schwarz.
Jack wartete, bis der Junge herangekommen war, und trat dann aus seinem Versteck hervor. „n' Abend“, sagte er fröhlich.
Zu Jacks Überraschung starrte der Junge ihn eine Sekunde lang entsetzt an und rannte dann weg.
„Hey!“, rief Jack. Er fuchtelte empört mit den Armen und wandte sich dann wieder dem Schiff zu. Aber er überlegte es sich noch einmal anders. Jemand oder etwas auf diesem Schiff hatte den Hafenmeister und seine Arbeiter in Angst und Schrecken versetzt. Was auch immer es war, der Junge konnte es kaum gewesen sein – und womöglich befand es sich noch an Bord. Jack war nicht darauf aus, sich mit jemandem oder etwas anzulegen, das einen

ganzen Trupp Hafenarbeiter in die Flucht schlagen konnte – aber mit einem anderen Jungen würde er schon zurechtkommen. Er drehte sich erneut um und nahm die Verfolgung auf.

Der andere Junge hatte eine seltsame, torkelnde Art zu rennen, als seien seine Beine durch mangelnde Bewegung eingerostet. Jacks längere Beine überwanden schnell den Abstand zwischen ihnen. Der Junge hatte die enge, dunkle Gasse erreicht, die zwischen zwei hohen Backsteinlagerhäusern entlangführte. Dieser Teil der Docks diente nur zur Lagerung. Außer ihnen war hier keine Menschenseele. Nur das Licht vereinzelter Laternen durchbrach die Dunkelheit, und immer wenn der Junge auf eine der Lampen zurannte, blähte sich sein Schatten auf und tanzte wie ein Riese auf den nackten Backsteinwänden. War er an der Laterne vorbeigerannt, schrumpfte sein Schatten wieder. Der Junge blieb einen Augenblick stehen, beugte sich vornüber, stützte die Hände auf die Knie und holte ein paarmal tief Luft. Dann blickte er auf, sah Jack auf sich zukommen, stürzte wieder davon und verschwand in einer Seitengasse. Jack sah ihm wütend nach, aber dann grinste er und legte einen gemütlichen Gang ein. Mit verschränkten Armen wartete er am Eingang der Gasse. Der Junge hatte schon gemerkt, dass er in eine Sackgasse geraten war. Mit dem Rücken an die Wand gepresst stand er da und starrte Jack an. „Du kriegst mich nicht!“, sagte er. Seine Stimme bebte leicht, als ob er jedes Quäntchen Energie dafür aufwenden müsse, mutig zu klingen. „Du kriegst mich nicht!“

„Auch gut. Ich will dich nämlich gar nicht“, erwiderte Jack schroff. „Was hast du dir dabei gedacht, dich so davonzumachen?“ „Ich musste da weg“, murmelte der Junge. Er wirkte wie ein Tier in der Falle, das wie wild um sich blickte und die ganze Zeit nach einem Fluchtweg suchte. Er konnte sich kaum auf seine eigenen Worte konzentrieren. „Musste weg ... bin so lange dort gewesen ...“

„Du bist ja nicht ganz richtig im Kopf“, sagte Jack bedauernd. Nun, da er ihn aus der Nähe betrachtete, wurde Jack klar, dass seine Mutmaßungen über den Jungen falsch gewesen waren. Seine Kleider waren zwar zerlumpt, aber unter dem Schmutz konnte Jack etwas erkennen, das mal ein eleganter Flanellanzug gewesen war. Und seine Stimme klang gebildet. Normalerweise hätte Jack ihn für einen feinen Pinkel gehalten und nichts mit ihm zu tun haben wollen. Aber jetzt setzte sich der Instinkt des Dockbewohners in ihm durch. Es war derselbe Instinkt, der den älteren Jungen dazu veranlasst hatte, ihm einen Penny zuzuwerfen. Man kümmerte sich einfach um andere, die ebensolche Unglücksraben waren wie man selbst.

„Vielleicht sollte ich dich zurückbringen“, begann er.

„Nein!“, schrie der Junge. Er starrte Jack mit weit aufgerissenen Augen und offenem Mund an.

Jack sah, dass dem Jungen echtes Entsetzen ins Gesicht geschrieben stand. „Er hat dich fertig gemacht, nicht wahr?“, fragte er ruhig. „Dieser schnieke Herr mit dem schwarzen Mantel?“

„Mich fertig gemacht?“ Die Stimme des Jungen war voller Bitterkeit. „Nein. Er hat mich nie gefunden. Dafür war ich zu geschickt.“

„Na, das hast du dann ja gut gemacht.“ Jack musterte den Jungen. Er konnte ihn nicht einfach hier stehen lassen. „Tja, wenn du nicht zurück zum Schiff gehst ...“

„Be ... B-Bedford Square.“ Der Junge gab sich einen Ruck. „Ich muss dringend zum Bedford Square. Dort wohne ich. Kannst du mir den Weg zeigen?“

„Das ist in Richtung Westen, oder?“, fragte Jack.

„Bloomsbury.“

„Verstehe.“ Bloomsbury lag außerhalb seines üblichen Reviers, aber Jack kannte den Weg dorthin. Er kratzte sich am Kopf.

Wenn jemand in einer solchen Gegend an diesem Jungen interessiert war, würde vielleicht sogar eine Belohnung für ihn abfallen. „Nach Bloomsbury also. Na, dann lass uns mal gehen und –"
Dem Jungen sackten die Knie weg. Jack fing ihn gerade noch auf und stellte ihn sanft wieder auf die Füße. Er war federleicht und unter den Resten des Mantels konnte Jack seine Rippen spüren.
„Du bist ja ganz ausgehungert", bemerkte Jack.
Der Junge nickte schwach. „Ich hab' nicht viel zu essen gehabt ... musste essen, was ich ... und das wochenlang ..."
„Dann werden wir das als Erstes ändern. Du kommst jetzt mit und erzählst mir alles." Jack führte den Jungen aus der Gasse. „Haste auch 'nen Namen?", fragte er.
„Benedict Cole." Der Junge lächelte schwach. „Meine Freunde nennen mich Ben."
„Ich bin Jack – für alle, die mich kennen", antwortete Jack.
Er bemühte sich, langsam zu gehen. Er wollte nicht, dass Ben wieder zusammenklappte.
„Ich mag diese Gassen nicht", bemerkte Ben. Sein Blick schoss nach oben in die Dunkelheit. „Nicht genug Licht."
„Mach' dir mal keine Sorgen um die Dunkelheit", sagte Jack zu ihm. „Ich leb' schon lang genug hier, um auf uns beide aufzupassen."
„Du hast nicht gesehen, was ich gesehen habe", sagte Ben mit einer solchen Bestimmtheit und Niedergeschlagenheit, dass Jack es aufgab, ihn aufzumuntern.
Weiter vorne war das Stimmengewirr einer überfüllten Kneipe zu hören. Als sie um die nächste Kurve bogen, wurden sie vom anheimelnden Flackern der Gaslampen begrüßt. Ben legte einen Schritt zu. Und dann waren sie mittendrin im dichtesten Gewühl – steckten im üblichen Gedränge der lachenden und plaudernden Hafenarbeiter, die abends in der Kneipe ein- und ausgingen. Nach der hallenden Stille der Lagerhäuser war dies eine willkom-

mene Rückkehr zu Wärme und Menschlichkeit.
„Geht's besser?", fragte Jack.
Ben nickte. „Und ich freu' mich auf das Essen", entgegnete er mit zurückhaltender Begierde.
„Das denk' ich mir", sagte Jack grinsend. „Und keine Dunkelheit mehr, was?"
„Oh, sie können einen trotzdem sehen." Ben, der sich für einen kleinen Augenblick angehört hatte wie ein normaler Junge, der sich auf ein Essen freut, klang nun wieder völlig verängstigt. „In der Nacht können sie einen immer sehen. Schau!" Er packte Jack am Arm und zeigte nach oben. Jack folgte seinem Finger. Er sah den Mond – und eine kleine schwarze Gestalt, die an ihm vorüberflatterte.
„Das ist doch nur 'ne Fledermaus", sagte Jack unbekümmert.
Ben starrte ein paar weitere Herzschläge lang in den Himmel. Dann, langsam, entspannte er sich. „Ja", sagte er. „So wird es wohl sein."
„Nicht solche wie die, die von dem Schiff gekommen sind", fügte Jack hinzu. „Das waren gewaltige, große Dinger."
Ben stöhnte. „Oh nein! Sie sind wach? Sie sind in London?"
„Hast du sie nicht gesehen?"
„Ich war viel zu sehr damit beschäftigt, mich vor ihnen zu verstecken. Nein, ich ... ich habe nicht gesehen, wie sie aufgewacht sind." Ben sah aus, als wäre er kurz davor zu weinen. „Ich hatte gehofft, ich könnte ... bevor sie ... Ach, ist ja auch egal."
„Du hast gehofft, du könntest was?", fragte Jack neugierig.
„Ich hatte gehofft, ich könnte jemanden warnen. Etwas unternehmen", antwortete Ben. „Aber nun ist es zu spät."
„Was stimmt denn nun nicht mit ihnen?", wollte Jack wissen. „Haben sie 'ne Krankheit oder so was?"
Ben warf ihm einen seltsamen Blick zu. „Eine Krankheit?",

wiederholte er gedankenverloren. „Ja, so könnte man es auch nennen ..."

Die „Admiral Nelson" war eine lebhafte Hafenkneipe. Laute Lachsalven und ein paar Takte Gesang drangen hinaus in die kalte Nachtluft. Über der Tür schwang ein bemaltes Schild. Nelson höchstpersönlich blickte von dort auf das Treiben herab – einäugig, einarmig und in tadelloser Admiralsuniform. Ben zögerte, als sie näher kamen. „Es sieht ganz schön ... ehm ... voll aus", sagte er.

„Wir gehen ja nicht rein", sagte Jack. „Um da reinzugehen, braucht man Geld, und ich nehme mal an, das hast du nicht."

„Da hast du leider Recht." Plötzlich schnellten Bens Augenbrauen nach oben. „Hast du etwa vor, Essen zu stehlen?"

Jack musste lachen. „Ich bin doch nicht blöd. Und nun komm schon."

Er führte Ben in den Hinterhof der Kneipe und war insgeheim froh über den Zustand von Bens Kleidern. Wären sie sauber und elegant gewesen, wäre ein so gut gekleideter Typ hier viel zu sehr aufgefallen.

Eine große, rundliche Frau kam aus der Hintertür. Sie trug ein Tablett mit Essensresten, die sie auf den Müllhaufen warf.

Jack stieß Ben heimlich an. „Mach dich klein", sagte er. „Große Augen. So." Er riss seine Augen auf, biss sich auf die Lippen und stellte sich vor, er wäre noch dürrer als sein Begleiter. Dann rief er: „n' Abend, Molly!"

Die Frau zuckte zusammen. „Hey, wen haben wir denn da? Hier beim Rattenhaufen, die frechste Ratte von allen. Wie geht's, Jack?"

Jack setzte sein bestes Lächeln auf. Das gehörte alles zum Ritual. Molly war nur eine der vielen Frauen, die sich um ihn gekümmert hatten, als er klein gewesen war. Das war alles, was er an Familie

hatte. „Ich hab' überlegt ...", begann er.
„Hör' mal, tue uns einen Gefallen und stell' deine Überlegungen woanders an", gab Molly schroff zurück. „Ich hab' zu tun und ... Hallo! Wer ist denn das?"
Ben war aus dem Schatten hervorgetreten. Jack sah mit Genugtuung, dass der Junge seinen Rat befolgte und erbärmlich aussah, bis er begriff, dass Ben schon von ganz alleine so aussah – nämlich vollkommen ausgehungert. „Das ist – ", begann Jack.
„Ein junger Bursche auf der Schwelle des Todes!", rief Molly. „Ihr zwei wartet hier." Sie ging zurück in die Kneipe und kam einen Augenblick später mit ein paar Bündeln wieder. „Bisschen Brot, Pastete, ein paar Kartoffeln. Mehr kann ich nich' tun, sonst merkt Bill noch was und kürzt mir den Lohn."
Jack grinste und Ben starrte auf die Bündel, als wären sie ein Geschenk des Himmels. „Danke, Molly. Man sieht sich", sagte Jack. Er legte Ben freundschaftlich die Hand auf die Schulter und führte ihn weg.
Sie fanden einen ruhigen Innenhof, wo sie sich auf eine niedrige Mauer setzten und Ben sein Bündel aufriss. Er nahm das große Stück Brot und vergrub sein Gesicht darin, während seine Kiefer ganz schön zu tun hatten, um alles zu zermahlen und hinunterzubekommen.
Jack musste ihm das Brot vorsichtig wegnehmen. „Hui, nicht so schnell. Ich weiß, wie das ist, wenn ausgehungerte Leute essen. Schlingen's runter und spucken's dann gleich alles wieder aus. Immer mit der Ruhe."
Jack hatte es leichter, denn sein Magen war immer noch warm von der Pastete, die er sich vorhin gekauft hatte. Er gab Ben das Essen häppchenweise, damit dieser es langsam hinunterschluckte und seinem Magen Zeit gab, sich nach so langer Zeit wieder an Nahrung zu gewöhnen. Einmal schniefte Ben und Jack wurde

klar, dass der andere Junge leise weinte. „Was ist denn los?“, fragte er sanft.
„N ... nichts ist.“ Im ersten Moment schien Ben wütend zu sein, dass Jack ihn hatte weinen sehen. Er nahm einen Bissen von seiner Kartoffel. „Es tut so gut, zu Hause zu sein und zu essen.“ Er lächelte verlegen. „Danke für all deine Hilfe. Du musst wissen, ich war nicht immer ein hungernder blinder Passagier.“
„Das hab' ich mir schon gedacht“, sagte Jack. Es war das erste Mal, dass Ben überhaupt erwähnt hatte, ein blinder Passagier zu sein, aber auch das hatte sich Jack bereits gedacht. „Wie hat es dich denn vom Bedford Square hierher verschlagen?“
Ben seufzte. „Hast du schon mal von Harrison Cole gehört?“
Jack schüttelte den Kopf.
„Harrison Cole ist ein Anthropologe. Er erforscht Völker und Kulturen – insbesondere das Leben von Urvölkern. Und er ist ... er war mein Vater“, erklärte Ben.
Jack nickte und schwieg, um Ben weitererzählen zu lassen. Doch leider schien Bens Redefluss versiegt zu sein. Der Junge starrte so lange auf die Pflastersteine, dass Jack unruhig wurde. Er wollte gerade etwas sagen, aber da begann Ben plötzlich wieder zu sprechen.
„Und sein Geschäftspartner, Edwin Sherwood, war ein Archäologe. Er war immer auf der Suche nach altertümlichen Städten. Die beiden sind berühmt – Cole und Sherwood. Sie waren alte Freunde und reisten immer zusammen. Mit Sir Donald Finlay.“ Seine Stimme bekam erneut einen düsteren Tonfall. „Sir Donald hast du schon gesehen.“
„Der Mann mit dem Mantel?“
„Genau der“, stimmte Ben zu.
„Ist der auch so ein Antonologe?“, wollte Jack wissen.
„Ein Anthropologe? Nein, er ist ein Biologe. Er erforscht Tiere“,

erklärte Ben. „Die drei haben jahrelang zusammengearbeitet", fuhr er fort. „Sie kamen überall herum, erkundeten und erforschten die Welt und entdeckten neue Dinge. Sobald Emily und ich alt genug waren, fuhren wir mit ihnen."

„Wer ist Emily?", fragte Jack.

Ben blinzelte, als sei er überrascht, diese Einzelheit ausgelassen zu haben. „Emily ist meine Schwester. Sie ist ein Jahr älter als ich. Ich nehme an, sie ist jetzt hier in London. Kurz bevor wir zu unserer letzten Reise aufbrechen wollten, bekam sie eine Fieberkrankheit und musste hier bleiben. Sie war furchtbar enttäuscht, aber unsere Haushälterin wird sich schon um sie gekümmert haben. Ich versprach ihr, Tagebuch zu führen, damit sie nach unserer Rückkehr alles lesen könnte."

Er klopfte sich auf die Hosentasche und zog ein abgenutztes Notizbuch mit Pappeinband hervor. „Da steht 'ne Menge mehr drin, als sie erwartet hat", sagte er nachdenklich.

Jack musste an seinen großen Wunsch denken, um die Welt zu reisen. Dieser reiche Junge und seine Schwester hatten es bereits getan – und sie hatten nicht einmal darum bitten müssen. „Nett von eurem alten Herrn, euch mitzunehmen", bemerkte er wehmütig.

„Unsere Mutter starb, als wir noch sehr klein waren", erklärte Ben. „Vater konnte es nie ertragen, uns zurückzulassen. Wie auch immer, unsere letzte Expedition ging nach Mexiko. Wir starteten im Januar." Er verfiel wieder in Schweigen.

„Und, habt ihr was gefunden?", fragte Jack aufmunternd.

„Oh ja."

Wieder Schweigen.

„Was denn?", fragte Jack nach einem Augenblick.

Ben drehte langsam den Kopf und warf Jack einen qualvollen Blick zu. „Die Hölle!", flüsterte er.

2

Fünf Monate zuvor ...
Aus dem Tagebuch von Benedict Cole
30. Januar 1860

Mexiko in Sicht!
Nach vier Wochen in einer Welt, die kaum sechzig mal fünfzehn Meter misst, freue ich mich auf eine Veränderung, Emily. Jeden Zentimeter unseres prächtigen Schiffes habe ich erkundet, vom Bug bis zum Heck, vom untersten Frachtraum bis zu den höchsten Masten (die sechzig Meter über den Wellen sanft hin- und herschwanken!). Ich kann wohl mit Bestimmtheit sagen, dass es hier nichts mehr für mich zu entdecken gibt.
Ach, aber Mexiko ...
Wir sind über den Atlantik gesegelt, durch die Inselkette der Bahamas und die Straße von Florida und dann den Yucatan-Kanal zwischen Mexiko und Kuba hindurch. Endlich ist nun am Horizont die Küste der Yucatan-Halbinsel aufgetaucht.
Die Yucatan-Halbinsel ragt am unterem Ende von Mexiko wie ein dicker Daumen ins Karibische Meer. Ich habe gelesen, dass die ganze Halbinsel – über 300 Kilometer breit und fast 600 Kilometer lang – ein einziger flacher Kalksteinsockel ist, der sich nur einige Meter über den Meeresspiegel erhebt und an Hügeln oder Bergen nicht viel zu bieten hat.
Die Ostküste, wo wir einen Hafen ansteuern werden, ist gesäumt von niedrigen Klippen aus weißem Stein mit zahlreichen Buchten dazwi-

schen. Die Vegetation hier ist üppiger als an den flachen und sandigen Küsten im Norden und Westen. Die Trockenzeit dauert von Oktober bis Mai, sodass wir jetzt keinen Regen erwarten.
Wir nehmen Kurs auf Puerto Morelos und der Kapitän sagt –

Plötzlich drehte der Wind und fuhr zwischen Bens Tagebuchseiten. Er sah auf. Schon eine ganze Weile hatte er hier mit dem Rücken an den Hauptmast gelehnt gesessen, während die frische Brise sein Haar zerzauste und die Seiten seines Buches aufgeschlagen hielt. Nun neigte sich das Schiff zur Seite und legte sich in den Wind. Der weite blaue Himmel über Bens Kopf schien sich zu drehen. Der Wind, der ihm ins Gesicht blies, schmeckte nach Salz und Land. Matrosen rannten an ihm vorbei und kletterten flink die Wanten hinauf, um die flatternden Segel zu bergen und an den Masten festzuzurren, während unten an Deck andere die Geitaue hinaufzogen, um die Segel zusammenzuschnüren.
Ben klappte das Buch zu und stand auf. Er streckte sich, überquerte das Deck und ging auf ein paar Männer zu, die an der Reling standen. „Was ist los?“, fragte er.
Harrison Cole drehte sich um. Er war ein großer, schlanker Mann mit dunklem, schon etwas schütterem Haar und einem warmherzigen Lächeln. „Ein Lotse kommt, um uns in den Hafen zu leiten“, erklärte er.
„Dort drüben“, sagte Harrisons Begleiter und zeigte auf ein kleines Boot, das sich dem Schiff in schnellem Tempo näherte. Auch Edwin Sherwood, der kleiner war als sein Freund und Kollege, lächelte Ben warmherzig zu. Seit Ben denken konnte war Sherwood, den er Onkel Edwin nannte, sein Patenonkel. Harrison und Edwin waren ehemalige Studienfreunde aus Oxford und schon immer Forschungspartner gewesen, auch wenn Edwins ei-

genes Gebiet die Archäologie war.
Ben beobachtete, wie das Boot des Lotsen lustig auf den blauen Wellen auf und ab hüpfte und auf sie zusteuerte. Es war ein langer, schmaler Kutter mit einem einzigen dreieckigen Segel. Vom Ufer wehte eine steife Brise herüber, wofür Ben sehr dankbar war. Die Sonne brannte heiß und die Brise war das Einzige, was ihm in seiner Norfolk-Jacke und Krawatte, die er in der Öffentlichkeit und meistens auch zu Hause tragen musste, Abkühlung verschaffte.
„Lasst den Anker hinunter!", rief einer der Matrosen.
Das Tau schwirrte durch die Luft und der Anker tauchte ins Meer. Ben sah hinunter auf das Gitterrost unter seinen Füßen. Er stand über dem Kettenkasten, einem feuchten, dunklen Verschlag, in dem über hundert Meter Ankertau aufgerollt und verstaut waren.
Ben blickte auf, als ihm jemand durchs Haar strubbelte.
„Und wie geht es unserem Logbuchschreiber?", erkundigte sich Sir Donald. Er war ein etwas derber Mann mit breiten Schultern, hellem Haar und herabhängendem Schnauzbart.
Ben lächelte, aber drehte höflich den Kopf zur Seite. Er wünschte, Sir Donald würde ihm nicht so den Kopf tätscheln, auch wenn er wusste, dass es ein Zeichen der Zuneigung war.
Sir Donald ließ Ben keine Zeit für eine Antwort, sondern fügte hinzu: „Na, freust du dich schon auf die Ankunft?"
„Oh ja, Sir", antwortete Ben eifrig. „Sehr sogar."
Der Kutter näherte sich längsseits und der Lotse sprang gekonnt auf die Schiffsleiter. Während er an Deck kletterte, tuckerte das kleinere Boot davon. Fünf Minuten später wurden die Segel wieder gehisst und der Anker gelichtet. Das Schiff setzte sich noch einmal in Bewegung, um die letzte Meile seiner langen Reise zurückzulegen und in den Hafen von Puerto Morelos einzulaufen.

Ben Cole stand an der Reling und sah Mexiko näher rücken. Nie zuvor hatte er sich geborgener und glücklicher gefühlt.

Aus dem Tagebuch von Benedict Cole
30. Januar 1860 (Fortsetzung)

... dass Puerto Morelos trotz seines großspurigen Namens eher ein verschlafenes Fischerdorf ist, als eine quirlige Hafenstadt. Aber der Ort ist ein guter Ausgangspunkt für Expeditionen ins Landesinnere der Halbinsel, weshalb Sir Donald ihn als Reiseziel gewählt hat. Unser Schiff ist das größte, das an dem langen, ins Meer hinausragenden Kai festgemacht hat. Sonst liegen dort nur noch ein paar kleinere Fischerboote.
Es war ein seltsames Gefühl, nach dem ständigen Geschaukel auf dem Schiff wieder festen Boden unter den Füßen zu haben, und das grelle Sonnenlicht tat fast weh. Jedes Gebäude hier ist weiß verputzt, um die Hitze zu reflektieren. Man gewöhnt sich schnell an, einen Hut mit breiter Krempe zu tragen oder mit halb geschlossenen Augen durch die Gegend zu laufen, um sich vor der blendenden Sonne zu schützen.
Die Sonne bestimmt das gesamte Leben hier. Die Hafenarbeiter tragen schlabberige beige Baumwollhosen und breite Hüte. Niemand bewegt sich besonders schnell. Es ist wie im Backofen.
Unsere erste Nacht an Land verbringen wir in einem von Kakerlaken heimgesuchten Hotel mit Blick auf den Zocolo – den Marktplatz –, der sich am Ende des Fischereihafens befindet. Während ich dies schreibe, sitze ich auf dem Balkon. Der Zocolo ist ein von Bäumen beschatteter Park und ein abendlicher Treffpunkt. Die Nachtluft ist warm und weht den Duft der Wälder und den würzigen Geruch des unten in der Straße gekochten Essens heran. In einem anderen Raum

spielt jemand Gitarre und singt von einer verlorenen Liebe.
Alle unsere Kisten sind entladen und morgen will Sir Donald ein paar Einheimische als Träger anheuern. Dann werden wir ins Landesinnere aufbrechen. Das Abenteuer kann beginnen, Emily! Wie wünschte ich, dass du dabei wärst.

Jenseits von Puerto Morelos war das Land trocken und flach. Auf der ganzen Yucatan-Halbinsel gab es kein fließendes Gewässer, das breiter als ein Bach gewesen wäre. Es gab kein Gebirge, in dem Flüsse hätten entspringen können. Doch durch so genannte Cenoten, Löcher im Kalksteinboden der Halbinsel, gelangte Frischwasser in die oberen Erdschichten und sammelte sich in gewaltigen natürlichen Wasserreservoiren unter der Erde, die während der Regenzeit angefüllt wurden.
Die Mannschaft brach in südwestlicher Richtung auf. Mit mehreren, von Ochsen gezogenen Wagen fuhren sie den zerfurchten Weg entlang. Ben, sein Vater, Edwin Sherwood und Sir Donald führten die Kolonne an. Hinter ihnen folgten ein paar Karren mit aufgestapelten leeren Kisten. Gesteuert und begleitet wurden diese Gefährte von den vierzig einheimischen Trägern, die Sir Donald angeworben hatte. Bei den meisten von ihnen handelte es sich um spanische Siedler, aber einige wenige waren echte Mayas, Nachkommen jenes mächtigen Volkes, das einst die Yucatan beherrscht hatte. Sie waren klein und untersetzt, hatten glattes schwarzes Haar und platt wirkende Gesichter. Ihr Anführer, Miguel, war der Sohn eines spanischen Kolonisten und einer Maya.
„Wir wissen so wenig über die Mayas", sagte Harrison Cole während der Fahrt. „Ihre Vorfahren waren wahrscheinlich schon vor Christi Geburt hier. Soweit wir wissen, ging ihr Reich vor etwa

tausend Jahren unter. Dann kam ein anderes Volk, die, ehm ..."
„Tolteken", warf Onkel Edwin von der Seite ein. „Man nimmt an, dass sie über den Golf von Mexiko hierher gesegelt sind. Ihr Anführer war ein Kerl namens Quetzalcoatl. Der Legende nach sollte er eines Tages aus der Richtung der aufgehenden Sonne zurückkehren. Diese Legende kam den spanischen Eroberern zugute, als sie im sechzehnten Jahrhundert aus genau dieser Richtung anrückten. Na ja, jedenfalls hatten sich die Mayas und die Tolteken bis dahin zu einer neuen Gesellschaft zusammengeschlossen. Diese Gesellschaft war nicht so mächtig wie das klassische Maya-Reich, aber stark genug, um den Spaniern Kopfschmerzen zu bereiten. Und diese Burschen hier ...", er deutete auf die Träger, „... sind ihre Nachfahren. Sie haben ein Erbe, auf das sie stolz sein können."
„Ein Erbe, zu dem auch Menschenopfer gehören", sagte Bens Vater mit einem makaberen Lächeln.
Onkel Edwin zuckte die Achseln. „In der Tat. Aber dies ist ein unwirtliches Land, Harry. Ich bewundere jedes Volk, das hier überlebt, geschweige denn ein Imperium aufgebaut hat."
Ben war still geworden und dachte über die alte Maya-Kultur und ihre Tradition der Menschenopfer nach. Er fragte sich, was in dieser alten Kultur noch alles anders gewesen war als in seiner eigenen – auf jeden Fall hatten die alten Mayas bestimmt keine Sakkos und Krawatten tragen müssen!
Die Straße machte eine Kurve und führte zurück in den Norden. Sir Donald ordnete an, den Weg zu verlassen und zu Fuß weiterzugehen, denn das Ziel ihrer Expedition lag vor ihnen im Dschungel, im Herzen der Yucatan. Die Träger schleppten die Kisten und Vorräte, und die Mannschaft machte sich auf den Weg, fernab jeder Straße durch kniehohes, stacheliges Gestrüpp.

Der dunkle, dornige Urwald schien sie immer stärker zu umschlingen. Die Luft wurde wärmer und feuchter und die Bäume wuchsen immer höher, bis sie das Sonnenlicht fast gar nicht mehr durchließen. Ben lief ein Schauer über den Rücken: Jetzt waren sie wirklich mitten im Dschungel.

Aus dem Tagebuch von Benedict Cole
14. Februar 1860

Seit zwei Wochen bin ich nun im Dschungel! Es kommt mir schon viel länger vor. Aber wie soll ich es dir beschreiben, Emily? Ich weiß gar nicht, wo ich anfangen soll.
Denke an eine Kirche. Nun stell dir vor, dass die Luft darin sehr, sehr heiß und stickig und feucht ist. Die Fenster und der Boden sind bedeckt mit verfaulten Blättern, sodass es nach vermoderten Pflanzen riecht und kein Licht zu dir durchdringt. (Selbst mittags müssen wir manchmal eine Lampe anzünden.) Stell dir vor, die Säulen wären Bäume, die allerdings nicht in zwei ordentlichen Reihen entlang des Mittelgangs, sondern überall stehen. Und sie sind dicht bewachsen mit Ranken, Efeu und allen möglichen Kletterpflanzen, die sich wie alles im Dschungel ihren Weg über die Baumkronen und zum Sonnenlicht bahnen wollen. So kannst du ein Gespür für den Yucatan-Dschungel bekommen.
Vater, Onkel Edwin und Sir Donald sind bester Laune. Sir Donald hält gerne an, damit Vater und Onkel Edwin über Tempelruinen kraxeln und durch versteckte Gänge kriechen können. Und wenn Sir Donald eine neue Vogelart oder andere Tiere entdeckt, freuen wir uns alle mit ihm.
Die Tierwelt hier ist farbenprächtig und ziemlich beeindruckend. Ich habe eine Spinne mit gelbem Körper und gelb-schwarz gestreiften

Beinen gesehen. Sie ist offenbar sehr giftig. Außerdem habe ich Schwalbenschwänze beobachtet. Die Flügel dieser Schmetterlinge haben eine blasse schwarz-weiße Färbung, aber an den Spitzen gehen sie in ein fantastisches Farbspektrum über. Aber das ist noch nicht alles, was hier so kreucht und fleucht. Die Vögel müsstest du sehen! Tukane mit glänzend roten Schnäbeln. Und Kolibris, leuchtend blaue Federbällchen.
Vor ein paar Stunden haben wir unser Lager aufgeschlagen ...

„Warum gerade hier?", fragte Ben. Er sah sich um. Sie hatten eine kleine Lichtung gefunden und schlugen ringsherum die Zelte auf. Ben teilte sich ein Zelt mit seinem Vater, Onkel Edwin ein anderes mit Sir Donald. Die Träger zogen es vor, unter freiem Himmel zu schlafen, und breiteten am Rande der Lichtung schon ihre Schlafsäcke aus.
Edwin Sherwood blickte von seiner Landkarte auf und grinste. „Warum hier, Ben?", wiederholte er. „Komm mal mit. Ich muss dir etwas zeigen."
Ben kam zu ihm herüber. Onkel Edwin stellte sich hinter ihn und legte seine Hände auf Bens Schultern. Langsam drehte er Ben im Kreis. „Abgesehen von den Zelten und den Trägern, was siehst du?"
Ben zuckte die Achseln. „Bäume", antwortete er. „Ich glaub', da oben sitzt eine Art Papagei. Und in diesem Baumstamm könnte eine Schlange stecken, die wir vertreiben sollten, bevor wir uns hier hinsetzen ..." Er war stolz, sich diese Einzelheiten der Dschungelkunde gemerkt zu haben.
„Und abgesehen von der Tierwelt?", fragte Onkel Edwin.
Ben sah sich gründlich um. Dann seufzte er. „Nichts", antwortete er. „Was siehst du denn?"

„Nun ja ..." Onkel Edwin ging neben ihm in die Hocke und zeigte in den Wald. „Ich sehe das dort."
Ben folgte dem Blick seines Patenonkels. Aus dem Unterholz ragte eine dunkle Masse empor. „Das ist doch ein Hügel", sagte Ben.
„Ein Hügel? Auf der eintönigen, flachen Yucatan? Komm mal mit."
Onkel Edwin führte Ben zwischen den Bäumen hindurch zum Fuß des Hügels. Er schoss tatsächlich sehr steil aus dem Boden, aber er war so dicht bewachsen, dass Ben keinen Grund sah, ihn nicht für einen Hügel zu halten.
Doch dann holte Onkel Edwin sein Messer hervor und machte sich an der bewachsenen Oberfläche zu schaffen. Nach zwei oder drei gezielten Stichen traf das Messer auf Stein. Onkel Edwin ließ die Klinge am Hang entlangschaben und noch mehr Stein kam zum Vorschein. Dann stockte Ben der Atem. Ein kantiges, hässliches Gesicht starrte ihn aus dem Mauerwerk an.
„Hilfst du mir mal, Ben?", fragte Onkel Edwin, aber Ben war bereits losgerannt, um sich aus dem Camp ein eigenes Messer zu holen.
So arbeiteten sie zusammen und hatten nach einer Stunde knapp fünf Quadratmeter Stein freigelegt. Inzwischen konnte Ben weitere Einzelheiten erkennen.
Was sie gefunden hatten sah aus wie die unteren Stufen einer breiten Treppe. Sie führte höher und höher hinauf, und in den Stein waren Verzierungen gemeißelt.
„Was ist das?", fragte Ben ganz außer Atem, als sie langsam wieder zum Camp zurückgingen.
„Dem üblichen Muster nach zu urteilen wird es wohl eine Pyramide sein", antwortete Onkel Edwin. Er blickte sich noch einmal um. „Eine sehr große Pyramide, vermutlich mit einem Tempel obendrauf."

„Hast du danach gesucht?"
„Na ja, ich hatte da so eine Ahnung. Vor fünf Jahren war ich ja schon einmal in Mexiko. Ungefähr 80 Kilometer westlich von hier befand sich eine große Stadt. Dort habe ich auch die Fledermaus gefunden."
Ben nickte. Auch wenn er damals noch ein kleiner Junge gewesen war, erinnerte er sich gut, wie viel Aufsehen Onkel Edwin erregt hatte, als er mit diesem Schatz nach England zurückgekehrt war. Die goldene Statue in Form einer Fledermaus hatte ihn als Archäologe berühmt gemacht und stand nun im Britischen Museum.
„Wir wissen, dass es hier im Dschungel ein Netzwerk von Sacbeos gibt", fuhr Edwin fort. „Das sind Straßen, die durch den Dschungel führen und mit großen, zwei Meter hohen Steinen gesäumt sind. Wir haben hier und dort Überbleibsel davon gefunden und sie scheinen an einem Punkt in dieser Gegend zusammenzulaufen. Diese Stätte könnte genau jener Punkt sein."
„Also gibt es hier noch mehr als diese Pyramide", sagte Ben erwartungsvoll.
„Oh, sehr viel mehr", stimmte ihm Onkel Edwin zu. „Tempel, Häuser, Säle. Und dies ist, wenn ich mich nicht völlig täusche, ein Ballspielplatz."
Mit „dies" meinte Onkel Edwin die Lichtung, auf der die Zelte standen, aber Bens Augen waren inzwischen geübt darin, verborgene Dinge auszumachen. Sorgfältig untersuchte er den Boden und das Unterholz in der Umgebung. Die Lichtung war lang gestreckt und hatte eher die Form eines Rechtecks als die eines Kreises. Der Boden war flach und hart. Bei genauerem Hinsehen konnte Ben nun niedrige, schräge Steinmauern an den Längsseiten der Lichtung erkennen. Zwischen ihnen hatten sie das Lager aufgeschlagen.

„Ein Ballspielplatz?", wiederholte Ben erstaunt.
„Oh ja, dafür hatten die Maya durchaus Verwendung", versicherte ihm Onkel Edwin mit einem Augenzwinkern. „Aber das soll dir Harry mal erklären."

Harrison Cole war begeistert von der Entdeckung. Er und Ben machten sich daran, eine der Mauern freizulegen, während Edwin zur Pyramide zurückkehrte. Die Mauer ragte an der einen Seite kaum aus dem Boden und stieg zur anderen Seite etwa bis auf Schulterhöhe an. Bevor der Dschungel von ihr Besitz ergriffen hatte, war ihre Oberfläche glatt und gepflastert gewesen. Bens Vater nahm das Messer zur Hilfe, um oben etwas Gebüsch zur Seite zu schlagen, und ein an der Mauer befestigter steinerner Ring kam zum Vorschein.
„Die Ballspiele der Mayas erfüllten einen rituellen Zweck", erklärte er während der Arbeit. „Der Wettstreit zwischen den Mannschaften stand für den Kampf zwischen Leben und Tod. Der Boden des Spielfelds symbolisierte die Erdoberfläche und der Ball durfte ihn nicht berühren. Man nimmt an, dass der Ball aus Kautschuk war, sodass er an den Wänden des Platzes und den Spielern selbst abprallte. Der Kapitän der Verlierermannschaft wurde geopfert – vermutlich durch Enthauptung."
„Waaas?", rief Ben entsetzt.
Sein Vater lächelte. „Vorbestimmung, Ben. Offensichtlich hatten die Götter den Verlierer zum Sterben auserwählt. Auf diese Weise hatten die Spieler wenigstens einen Ansporn, so viel ist sicher."
„Enthauptet", murmelte Ben voller Grauen.
Harrison lächelte immer noch, aber seine Augen blickten ernst. „Die Mayas waren kein liebenswürdiges Volk, das musst du bedenken, Ben. Im günstigsten Fall erwartete man von dir, den Göttern dein eigenes Blut zu opfern. Die Leute durchbohrten ihre

Zungen oder Lippen. Sie stachen Dornen hinein, die die Wunden offen hielten und dafür sorgten, dass das Blut nicht aufhörte zu fließen. Und im schlimmsten Fall wurden die Menschen geopfert. Kannst du dir vorstellen, dass das als Privileg empfunden wurde? Anfangs waren nur Mitglieder des Königshauses zur Opferung berechtigt. Später dann konnte man sogar Waisenkinder kaufen, nur damit der Priester sie auf einen Altar legen und ihre noch schlagenden Herzen herausschneiden konnte." Harrison Cole seufzte. „In mancher Hinsicht ist es schade, dass wir das Maya-Reich in seiner Blütezeit nie erleben werden, aber wir sollten ihm auch nicht zu sehr nachtrauern, nicht wahr?"

Aus dem Tagebuch von Benedict Cole
16. Februar 1860

Vater hat natürlich Recht, Emily. Es ist ein seltsames Gefühl, in einem Tempel zu stehen und zu wissen, dass hier einst Menschen geopfert wurden. Wir können nur froh sein, dass die alten Maya-Götter tot und begraben sind.
Wir haben uns wieder an die Erforschung der Stätte gemacht, auch wenn unsere kleine Expedition nie mehr als einen Bruchteil davon freilegen wird. Onkel Edwin vermutet, dass sie sich über einige Quadratkilometer erstreckt, so wie auch die andere Stadt, in der er die goldene Fledermaus gefunden hat.
Die Gebäude hier haben keine Bögen, nichts ist gerundet. Um eine Öffnung in einer Mauer, wie zum Beispiel eine Tür, zu machen, konnten die Baumeister nur eine einzelne Steinplatte auf zwei Stützen legen. Das bedeutet, dass Türen und Fenster kaum breiter als einen Meter sein konnten. Alles, was wir gesehen haben, ist niedrig gebaut (einmal abgesehen von den Pyramiden, die nichts als aufge-

schichtete Steine sind). Damals hatte man keine Ziegelsteine, sondern nur nackten Stein. Hätte man höher gebaut, wären die Gebäude unter ihrem eigenen Gewicht zusammengebrochen.
Das klingt nach vielen Einschränkungen, und doch brachten die Mayas trotz dieser Einschränkungen und in dieser unwirtlichen Gegend großartige Städte hervor – Städte, die es mit denen der alten Römer aufnehmen können. Genau wie Onkel Edwin bewundere ich die Leistungen der Mayas, wenn auch nicht ihre Lebensart.
Aber wo sind sie alle abgeblieben? Abgesehen von der Bewucherung durch den Dschungel ist die Stadt gut erhalten. Nichts deutet darauf hin, dass sie in einem Krieg gefallen sein könnten. Eine Seuche? Nun ja, vielleicht, aber wo sind dann die Skelette?
Onkel Edwin sagt, dass sich die Forscher diese Frage bei allen Maya-Städten stellen. Die erste große Maya-Kultur ging im neunten oder zehnten Jahrhundert unter, bevor die Tolteken kamen. Geradezu fluchtartig verließen die Mayas von einem Tag auf den anderen ihre Städte. Vielleicht werden wir nie erfahren, warum.
Onkel Edwin aber ist entschlossen, es herauszufinden. Er sagt, die Entdeckung dieser Stadt wird ihm ein für alle Mal zu Ruhm verhelfen, wenn er nach Hause kommt. Er hofft, nächstes Jahr mit einer fünfmal so großen Expedition zurückzukehren und sagt, wir können (wenn Vater es erlaubt) auch mitkommen! Ich bin sicher, es wird dir sehr gefallen, Emily. Dieser Ort wird dich faszinieren.
Dies ist unsere letzte Nacht hier. Sir Donald hat viel Geduld für Vaters und Onkel Edwins Schwärmereien aufgebracht, aber er ist doch zuallererst ein Biologe. Er will noch weiter ins Landesinnere vorstoßen, um neue Tierarten zu finden, und so brechen wir morgen auf.

3

Aus dem Tagebuch von Benedict Cole
6. März 1860

Tja, nun liegt die Stadt hinter uns. Wir befinden uns tief im Dschungel und Sir Donald ist begeistert von dem, was wir hier gefunden haben.
Wir haben schon ungefähr die Hälfte der Kisten, die wir aus Puerto Morelos mitgebracht haben, gefüllt. Sir Donald ist entschlossen, so viele von diesen Lebewesen lebend nach Hause zu bringen wie möglich. Er sagt, einige von ihnen seien der Wissenschaft noch gar nicht bekannt. Ich kann dir nicht einmal ihre Namen nennen, da wir noch nicht wissen, welche Namen sie bekommen werden!
Lass mich mal überlegen. Bis jetzt haben wir fünf verschiedene Nagetierarten, von einem Wesen, das aussieht wie eine Ratte und unsere Essensreste frisst, bis zu einer kleinen Wühlmaus, die gerade mal so groß ist wie mein Daumen und vier-, fünfmal am Tag mit Blättern gefüttert werden muss. Außerdem haben wir eine farbenprächtige Vogelsammlung – Papageien, Tukane und mein Lieblingsexemplar, ein hübsches kleines Ding von der Größe eines Finken mit grünem Rücken, blauem Kopf und gelber Brust. Er heißt Veilchen-Trogon und Sir Donald schwört, er habe diesen Namen nicht erfunden. Oder wenn dir der lateinische Name lieber ist, trogon violaceous. Für diesen Namen würde ich ihn auch lieben, wenn er potthässlich wär'.
Und wir haben eine Reihe von Baumbewohnern. Eichhörnchen, kräftiger gebaut als die englische Gattung und mit grauem Fell.

Lemure, so groß wie deine Hand und mit riesigen Augen, um in der Dunkelheit zu sehen. Und ein prächtiger Affe mit einem Fell, das glänzt wie Blattgold. Natürlich können wir nur Pflanzenfresser mitnehmen. Wir könnten auch Fleischfresser fangen, aber was würden die dann fressen, wenn nicht den Rest der Sammlung?
Ich habe so viel von der Fütterung der Tiere erzählt, weil ich dafür zuständig bin. Es ist eine ganz schön verantwortungsvolle Aufgabe und ich war sehr stolz, als Sir Donald mich dafür auswählte. Ich muss morgens als Erster aufstehen – nicht etwa, weil frühes Aufstehen so gesund ist, wie Vater immer behauptet (ich bin sicher, dass das nicht stimmt), sondern weil der frühe Morgen, wenn die Backofenhitze des Dschungels noch gerade so erträglich ist, der beste Zeitpunkt für die Fütterung ist.

Ben sah auf, als die Zeltplane zurückgeschlagen wurde.
Harrison Cole stecke den Kopf herein und lächelte. „Miguel will auf die Jagd gehen, Ben. Hast du Lust, ihn zu begleiten?“, fragte er.
Ben war hin- und hergerissen zwischen seinem Vorhaben, den Bericht für Emily zu beenden, und der Chance auf etwas Abwechslung und Aktivität – aber nicht lange. Schnell sprang er auf, rückte seine Krawatte zurecht und eilte nach draußen.
Sie hatten ihr Lager wieder auf einer Lichtung aufgeschlagen, diesmal jedoch auf einer natürlichen. In gewohnter Anordnung hatten sie die Zelte nebeneinander aufgebaut und die Kisten gegenüber auf der anderen Seite der Lichtung gestapelt. Dazwischen befanden sich die Feuerstelle zum Kochen, die Bettstätten der Träger und ein paar Klapptische, an denen man arbeiten konnte. Edwin Sherwood saß gerade an einem dieser Tische und ging noch einmal die Notizen durch, die er sich bei der Entdeckung der alten Maya-Stadt gemacht hatte.

Sir Donald stand in der Mitte der Lichtung und unterhielt sich mit Miguel, dem Anführer der Träger, der einen Köcher voller Pfeile über der Schulter und einen Bogen in seiner linken Hand trug. Harrison schickte Ben zu Miguel hinüber und gesellte sich dann zu Edwin, um ihm mit den Notizen zu helfen.
Miguel blickte unter der Krempe seines zerbeulten Lederhutes hervor und begrüßte Ben mit einem Grinsen. „Wir gehen jagen Essen, sí? Zum Abendessen?“
„Sí!“, stimmte Ben zu. „Was jagen wir denn?“
Miguel kratzte sich an der Nase. „Wer weiß das schon? Wir werden sehen bald.“
Sie winkten den anderen zum Abschied zu und machten sich auf in die Wildnis. Zu seiner Enttäuschung durfte Ben keinen Pfeil und Bogen tragen. Das war Miguels Vorrecht. Ben hatte den Verdacht, dass Miguel ihn eher mitgenommen hatte, um ihn zu beschäftigen, als um ernsthaft beim Jagen Unterstützung zu haben, aber das machte ihm nichts aus. Eine Jagd in der Wildnis des Yucatan-Dschungels hatte auf jeden Fall etwas Abenteuerliches.
Miguel folgte einem nur schwer erkennbaren Pfad durch das Unterholz und ging in leicht geduckter Haltung. Seine Augen waren auf den Boden geheftet. Ben folgte ihm voller Erwartung. Fast augenblicklich hatte der Dschungel sie verschluckt. Sie waren jetzt außer Hör- und Sichtweite des Camps, umgeben von den Gerüchen und Tiergeräuschen des Regenwalds.
Plötzlich blieb Miguel stehen und deutete auf den Boden. „Siehst du das?“, fragte er.
Ben sah eine Spur von kleinen Fußabdrücken. Auf den wenigen Stellen nackter Erde wirkten sie wie Vogelspuren – drei dünne, spitz zulaufende Zehen, angeordnet wie eine Pfeilspitze.
Ben sah Miguel verständnislos an. Der Träger schnalzte mit der Zunge und hielt sich seine ausgestreckten Zeigefinger an den

Kopf, um Hörner anzudeuten. „Es un ciervo pequeño", sagte er. „Reh."
„Reh!", wiederholte Ben. Plötzlich bekam er Hunger.
Lautlos wie eine Schlange, die ins Unterholz gleitet, verließ Miguel den Weg. Ben versuchte, ihm zu folgen, doch er blieb mit seinem Jackett an ein paar Dornen hängen. Er zog und konnte sein Jackett befreien, aber der dornige Zweig schnellte mit einem lauten Knacken zurück. Miguel warf ihm einen zornigen Blick zu. Ben wollte sich entschuldigen, aber biss sich gerade noch auf die Zunge – er nahm an, dass selbst ein Flüstern jetzt zu laut wäre.
Ben hatte keine Ahnung, wie es Miguel gelang, die Fährte des Rehs zu verfolgen. Er selbst konnte nirgends Hufabdrücke entdecken. Und trotzdem schlichen sie eine gute halbe Stunde lang geduckt durch den Dschungel. Vielleicht war es das Maya-Blut in Miguels Adern, das ihn mit dem feuchtwarmen Wald in Einklang brachte. Irgendwie jedenfalls konnten seine geübten Augen die Fährte des Rehs im Unterholz ausmachen: Hier hatte das Tier ein Blatt geknickt, dort einen Zweig gestreift. Ab und zu blieb Miguel stehen, um sich etwas genauer anzusehen: ein Haarbüschel an einer dornigen Pflanze, etwas frischen Kot im Laub.
Die Hitze war erdrückend. Schweiß lief Ben über die Stirn und rann seinen Rücken hinunter. Und dann stieg ihm ein Duft in die Nase, den er hier nie vermutet hätte. Es roch fast ... rosenartig. Er atmete tief ein und – musste würgen. Es war, als wären seine Nase und sein Mund plötzlich verstopft. Tatsächlich war hier etwas Rosenartiges in der Nähe, aber der Duft, der davon ausging, war so stark und widerwärtig süß, dass einem fast schon schlecht wurde. Die Luft schien aus klebrigem Sirup zu bestehen, an dem man ersticken konnte. Ben rümpfte die Nase und versuchte, den beißenden Reiz zu ignorieren.
Miguel blieb stehen. Auf einmal war er starr und steif wie eine

Statue. Ben verstand, was von ihm erwartet wurde, und versuchte, sich so wenig wie möglich zu bewegen. Das war gar nicht so einfach, zumal er mitten im Schritt stehen geblieben war und nun mit geneigtem Oberkörper und gebeugten Knien verharren musste. Schon bald begannen seine Oberschenkel vor Anstrengung zu schmerzen.

Miguel blickte vollkommen starr geradeaus und hob Pfeil und Bogen. Bens Augen glitten am Schaft des gespannten Pfeils entlang und zogen eine gedankliche Linie von der Pfeilspitze ins Unterholz.

Dann endlich entdeckte er das Reh. Es stand vor etwas, das aussah wie eine hohe grüne Mauer, die mit roten Blumen besetzt war. Das kleine Tier, das bis zur Schulter nicht mehr als 70 Zentimeter maß, graste ahnungslos am Fuße der Mauer und war in ihrem Schatten kaum zu erkennen.

Miguel spannte den Bogen und zielte.

Aber Ben konnte den Rosenduft einfach nicht ertragen. Der Duft kitzelte in seiner Nase und reizte seine Stirnhöhlen. Seine Augen begannen zu tränen. Er konnte es nicht verhindern. Er nieste.

Gerade in dem Moment, als Miguel den Pfeil losließ, sprang das Reh davon. Ben starrte entsetzt auf die Stelle, an der das Tier gestanden hatte. Das Reh schien sich einfach in Luft aufgelöst zu haben.

Miguel drehte sich um und funkelte Ben zornig an. Er fluchte auf Spanisch und richtete sich auf – es hatte keinen Zweck mehr, sich zu verstecken.

„Weg ist es!“, sagte Miguel ärgerlich. Er marschierte durch das Gestrüpp bis zum Fuße der grünen Mauer. „Nie werden wir es finden wieder. Siehst du?“ Er zeigte auf etwas. „Da ist es verschwunden.“

Aus reiner Neugier trat Ben näher. Jetzt konnte er erkennen, dass die grüne Mauer eine dichte Reihe von Rosenbüschen war. Die

Blätter waren dunkel und zu einem undurchdringlichen Geflecht verwachsen. Die Blüten hatten eine tief blutrote Farbe und gaben den überwältigenden Duft ab, der Ben zum Niesen gebracht hatte.
Miguel deutete auf ein kleines Loch in den Büschen. Es war gerade groß genug für ein kleines Reh. Für jeden größeren Eindringling würde es wegen der Dornen sehr schwer werden.
Ben fragte sich, wie scharf sie wohl wären. Vielleicht sah Miguel die Sache ja zu schwarz. Er streckte seinen Arm aus, berührte einen Dorn und – zog erschrocken seine Hand zurück. Die Dornen waren gefährlich und gekrümmt wie Vampirzähne. Er hatte sie kaum berührt und doch hatten sie seine Haut mit Leichtigkeit durchschnitten. Tiefrotes Blut quoll aus der Schnittwunde. Ben steckte seinen verletzten Finger in den Mund und seufzte. Niemand würde durch dieses Loch kriechen können: kein Mann und auch kein zwölfjähriger Junge. Sie würden in Stücke geschnitten werden.
Miguel schnaubte und lachte grimmig in sich hinein. „La rosa de la sangre“, sagte er und selbst Ben mit seinen minimalen Spanischkenntnissen verstand: Rose des Blutes. Oder Blutrose.
„Kennst du diese Pflanze?“
Miguel zuckte die Achseln. „Sí. Ein Unkraut. Viel davon in dieser Gegend.“ Er machte einen Schritt zurück und betrachtete das Dickicht nachdenklich. „Aber so viel habe ich noch nie gesehen.“
Er machte kehrt und lief schnurstracks und ohne Pause zurück zum Camp. Ben schluckte seine Schuldgefühle über das vermasselte Abendessen hinunter und folgte ihm.

Zu Bens Überraschung erreichten sie bereits nach einer Stunde das Camp. Als Sir Donald von ihrem Erlebnis hörte, war er fasziniert. „Eine ganze Wand von diesen Rosen, sagt ihr?

Zu einem undurchdringlichen Geflecht verwachsen?“, fragte er.
„Wie im Märchen von Dornröschen, Sir“, sagte Ben.
Sir Donalds Augen leuchteten auf. „Das wäre doch der perfekte Schutz gegen Raubtiere! Wer weiß, was wir dahinter finden werden? Vielleicht ein vollständiges neues Ökosystem!“
Das Abendessen wurde verschoben. Sir Donald rief zehn Träger mit Buschmessern zusammen und Miguel und Ben führten sie zur Rosenwand.
„Jetzt werden wir nie fangen Abendessen“, murrte Miguel. Unter seiner Aufsicht schlugen die Männer mit den Buschmessern eine Schneise durch das Blutrosendickicht. Dabei machten sie so einen Lärm, dass das Reh längst geflohen sein musste.
Sir Donald klopfte ihm auf die Schulter. „Mach dir nichts draus, Miguel! Denk nur, was wir vielleicht zur Wissenschaft beitragen können!“
Miguels Gesichtsausdruck zeigte ziemlich deutlich, was er vom Nährwert der Wissenschaft hielt, aber er sagte nichts.
Die Träger hatten durch etwa drei Meter Rosendickicht einen mannshohen Tunnel geschlagen. Plötzlich traf eine ihrer Klingen auf Stein. Vorsichtig durchschnitt der Träger mit seinem Buschmesser die verbliebenen Stiele und löste sie vom Stein. Dann rief er die anderen auf Spanisch herbei, trat zurück und gab den Blick für Sir Donald frei.
Der Biologe trat hervor und betrachtete das Gestein genau. Er nahm selbst ein Buschmesser und schob damit die Dornen zur Seite. Ben spähte neugierig über seine Schulter. Ein zähnefletschendes Steingesicht starrte ihn an.
Ben stockte der Atem und Sir Donald schrie: „Beim allmächtigen Gott! Miguel! Schick einen der Männer los, um Señor Cole und Señor Sherwood zu holen, aber schnell!“

Als die anderen beiden Wissenschaftler dazukamen, hatten die Träger bereits etwa einen Quadratmeter Steinwand freigelegt. Sie war mit den elementaren Formen der Maya-Hieroglyphen bedeckt: rundliche Abbildungen von Köpfen, Händen, Füßen und undefinierbaren Objekten. Immer zwei oder drei Zeichen bildeten eine Gruppe und die Gruppen waren in Reihen gitterförmig angeordnet.

An einer anderen Stelle hatten die Träger ein großes, spitzes Steinohr freigelegt, das offensichtlich Teil einer Meißelarbeit war, die viel größer sein musste als der Rest der Hieroglyphen. Sie setzten die Arbeit fort, um den oberen Teil des Kopfes und das andere Ohr freizulegen. Dann zwei große, durchdringende Augen. Ben konnte erkennen, dass hier der Kopf einer großen Fledermaus in den Stein gemeißelt worden war. Der Kopf befand sich in etwa anderthalb Metern Höhe. Hinter den Rosen musste das Bild also noch bis zum Boden reichen.

Harrison Cole starrte voller Ehrfurcht auf die gemeißelten Bilder. „Erstaunlich!", sagte er. „Was hat es mit diesem Ort auf sich? Ist es ein Tempel?"

„Vielleicht ...", sagte Onkel Edwin und strich mit der Hand über den Stein. „Aber dies ist kein Gebäude. Es ist ein natürlicher Felsbrocken, vermutlich Kalkstein."

„Und doch hat irgendjemand all dies gemeißelt", sagte Harrison. „Dafür muss es einen Grund gegeben haben ..."

Ben durchrieselte ein freudiges Gefühl der Erleichterung, als er die Männer so ins Gespräch vertieft sah. Sie hatten eine außergewöhnliche Entdeckung gemacht, alle waren glücklich und niemand warf ihm mehr vor, das Reh vertrieben zu haben. Was hätte ihm Besseres passieren können?

Sein Vater holte seinen Notizblock hervor und begann, so schnell wie möglich die hieroglyphischen Inschriften abzuzeichnen.

Onkel Edwin untersuchte den Fels von allen Seiten und versuchte, Hinweise auf die einstige Funktion der Stätte zu finden. Dann war ein weiterer Aufschrei zu hören. Einer der Träger hatte die obere Hälfte des Fledermauskopfes freigelegt. Sie hatten das Maul der Fledermaus gefunden.
Und das Maul war nicht gemeißelt. Es war eine Öffnung im Fels. Die Fledermaus auf dem Stein starrte die Forscher zornig an und ihr Maul war ein dunkles, rundes Loch.
Edwin ging in die Hocke und tastete die Ränder der Öffnung ab. „Ich würde sagen, dies ist eine natürliche Höhle", verkündete er. „Die Ränder sind uneben. Es kann sein, dass es eine Verbindung zu einem viel größeren Höhlensystem darunter gibt. Die ganze Halbinsel ist durchzogen von Höhlen. Die alten Mayas müssen den Fledermauskopf um den Höhleneingang gemeißelt haben. Ich würde sagen, wir müssen es mit einer religiösen Stätte zu tun haben."
„Hatten die Maya denn einen Fledermausgott?", fragte Ben.
Edwin Sherwood grinste. „Aber ja. Erinnerst du dich an meine Statue? Ihr Fledermausgott war –"
„Camazotz!" Onkel Edwin und Miguel sagten das Wort wie aus einem Munde – auch wenn Miguel es voller Verachtung auszuspucken schien.
„Camazotz!" Mehrere der Träger wiederholten das Wort voller Angst und wichen vor der Höhle zurück.
„Was war denn los mit Camazotz?", wollte Ben wissen.
„Er war –", begann Harrison Cole.
„El Diablo!", stieß Miguel hervor. „Ein böser, böser Gott. Der Gott des Blutes und des Todes – Der-in-der-Dunkelheit-wandelt. Señores, dies ist ein schlechter Ort!"
El Diablo, dachte Ben. Der Teufel. Er betrachtete die Höhle interessiert.

„Jetzt mach' aber mal einen Punkt, Miguel", schimpfte Bens Vater. „Wir sind vernunftbegabte Männer. Wir glauben nicht –"
„Nein, keiner glaubt daran", unterbrach ihn Miguel ärgerlich. „Aber dieses Land gehört den alten Göttern. Glaubt ihr, sie gehen weg, nur weil eure Missionare das wollen? Oh nein! Sie warten. Sie schlafen. Aber sie leben noch!" Er drehte sich um und marschierte davon.
Sir Donald schenkte all dem keine Beachtung. Er bückte sich und spähte in die Dunkelheit. „In Höhlen kann man alles Mögliche finden", überlegte er. „Ein wunderbarer, geschützter Lebensraum – doppelt geschützt, da durch die Rosen abgeschirmt. Wer kommt mit mir?"
„Nehmen Sie Ben mit, Sir Donald", schlug Harrison vor. „Ich bleibe hier draußen bei den Felsbildern, wo ich hingehöre."
„Und ich will die Umgebung erkunden", sagte Onkel Edwin. „Dies könnte das Zentrum einer Tempelanlage sein."
Ben konnte es nicht erwarten, die Höhle zu sehen – aber ihm wäre wohler gewesen, wenn die anderen auch mitgekommen wären. Er betrachtete noch einmal das Felsbild und schauderte. Für sich genommen wäre die Höhle ein harmloses Loch im Fels gewesen. Doch mit dem um die Öffnung gemeißelten Fledermauskopf wirkte sie unheimlich und bedrohlich.
„Ben?", fragte Sir Donald erwartungsvoll und Ben schimpfte innerlich mit sich selbst. Schließlich war er zwölf Jahre alt und dies war das neunzehnte Jahrhundert. Also gab er sich einen Ruck und setzte ein Lächeln auf.
„Selbstverständlich, Sir Donald!", antwortete er fröhlich.
Sir Donald zündete eine Lampe an und kroch in die Höhle, was gar nicht so einfach war, da er mit einer Hand die Lampe halten musste, um den Weg vor sich zu erleuchten. Ben wartete, bis er weitergekrochen war, und folgte dann auf allen vieren. Er spürte

kühle, feuchte Luft im Gesicht – ein Segen nach der stickigen Hitze des Dschungels.
Vor sich konnte er den Schein der Lampe erkennen und kroch in die Richtung des flackernden Lichts. Er befand sich in einem kurzen, steinigen Gang mit unebenem Boden. Dann machte der Gang eine Kurve und führte plötzlich in eine viel größere Höhle.
Ben richtete sich vorsichtig auf. Hier war genug Platz und es war wunderbar kühl, aber in der Luft lag ein durchdringender moschusartiger Tiergeruch. Die Höhle war groß und niedrig, und der kleine Lichtkegel der Lampe reichte nicht bis an die Wände. Ben konnte keine Tiere entdecken.
Sir Donald hielt die Lampe hoch und starrte nach oben an die Decke. Der Mund unter seinem buschigen Schnauzbart stand weit offen. „Großartig!", murmelte er. „Absolut großartig!"
Ben blickte nach oben und sah mit Entsetzen, dass eine Unzahl winziger, roter Augen seinen Blick erwiderten. Überrascht schrie er auf – die Decke war übersät von Fledermäusen.
Der Schrei hallte von den Wänden der Höhle wider und Sir Donald legte einen Finger auf die Lippen. „Sei still, Ben", flüsterte er. „Wir wollen sie doch nicht aufscheuchen."
Die Fledermäuse schienen sich nicht gestört zu fühlen, und das war auch gut so. Ben stellte sich vor, wie es wäre, in dieser Höhle zu stehen, während die Fledermäuse herumflatterten – und ihn mit ihren schwarzen lederartigen Flügeln streiften.
Er nahm an, dass es etwa hundert Fledermäuse sein mussten. Kopfüber hingen sie an der Höhlendecke, so dicht gedrängt, dass vom Fels nichts mehr zu sehen war. Ihre Flügel und ihr Fell waren so dunkel, dass man das Gefühl hatte, sie saugten das Licht der Lampe auf.
Ben hatte schon viele Fledermauskolonien gesehen, aber irgendetwas an diesen Tieren war anders. Auf einmal wurde Ben klar,

was es war. Normalerweise schliefen Fledermäuse tagsüber, diese aber beobachteten die Menschen unter ihnen. Ganz besonders eine von ihnen ließ Ben nicht mehr aus den Augen. Sie schien die größte Fledermaus der Kolonie zu sein und ihre spitzen Ohren waren nach vorne gerichtet. Sie sieht aus wie eine kopfstehende Katze, die eine Maus im Visier hat, dachte Ben. Nervös machte er ein paar Schritte zur Seite und die Fledermaus drehte den Kopf und verfolgte ihn mit ihrem Blick. Ben schluckte.
„Faszinierend ...“, sagte Sir Donald gedankenversunken. „Keine Angst vor Licht. Das muss eine neue Gattung sein. Der Form nach erinnern sie an Desmodus rufus, aber sie sind größer. Und dunkler. Ich würde mir ja zu gerne mal ihre Zähne ansehen, aber da würden sie vermutlich protestieren.“
„Wa...“ Ben musste schlucken, bevor er ein vernünftiges Wort herausbringen konnte. Er versuchte zu flüstern, aber alles, was er hervorbrachte, war ein trockenes Hauchen. „Was sind Desmodus rufus, Sir Donald?“
Sir Donald blickte mit einem aufmunternden Lächeln auf ihn herab. „Vampirfledermäuse, mein Jung'! In dieser Weltgegend gibt's etliche Arten davon. Kein Grund zur Beunruhigung“, fügte er rasch hinzu, als er Bens Gesichtsausdruck sah. „Sie sind völlig harmlos. Gewöhnlich holen sie sich nachts ein paar Tropfen Blut von Rindern oder Pferden, das ist alles.“
Ben warf noch einmal einen Blick nach oben zu den Fledermäusen. Die große Fledermaus schien geradewegs zurückzustarren.
„Schlüpf doch schon mal raus, Ben. Sag den anderen, dass es Arbeit gibt. Wir müssen ein Feuer machen, diesen Ort mit Rauch füllen, um die Fledermäuse bewusstlos zu machen, und dann ein paar Exemplare mitnehmen.“
„In Ordnung, Sir Donald.“ Ben ging wieder in die Knie und kroch zurück durch den Gang. Er musste sich vorsichtig fortbe-

wegen, da sein eigener Körper dem Lampenlicht hinter ihm im Weg war, aber sobald er die Kurve erreicht hatte, konnte er vor sich das Tageslicht sehen.

Plötzlich hörte er ein gewaltiges Ächzen, das das Blut in seinen Adern gefrieren ließ. Was war das? Er hörte ein Knarren, als ob die Erde um ihn herum aus einem langen Schlaf erwachte …

Etwas streifte sein Gesicht und Ben schlug sich wild auf den Kopf. Für einen schrecklichen Augenblick glaubte er, eine Fledermaus habe sich in seinen Haaren verfangen. Dann wurde ihm klar, dass es schlimmer war. Pulverisierter Stein rieselte von der Decke.

„Sir Donald!", rief er.

Im selben Moment hallte Sir Donalds Schrei durch den Tunnel.

„Ben! Die Decke stürzt ein! Raus!"

Ben begann schneller zu kriechen, hielt dann aber plötzlich inne, als ihn ein schlechtes Gewissen überkam. Er konnte Sir Donald doch nicht einfach zurücklassen. Unentschlossen blickte er zurück, dann wieder nach vorn …

Da packten ihn ein paar Hände an den Armen und zogen ihn hinaus ins Tageslicht – gerade in dem Augenblick, als die Höhlendecke hinter ihm herunterkrachte.

4

Aus dem Tagebuch von Benedict Cole
6. März 1860 (Fortsetzung)

Es war Vater, der mich herauszog. Er hatte gehört, wie die Höhle einzustürzen begann, und war sofort herbeigesprungen, um mich zu holen. Er zog mich vom Eingang weg und hielt mich ganz fest. Er fragte, was in aller Welt ich mir denn dabei gedacht hätte, einfach so da zu warten? Er drückte mich so fest an sich, dass ich kaum sprechen konnte. Ich erzählte ihm, ich hätte Sir Donald nicht allein zurücklassen wollen. Da seufzte er und sagte mit einem merkwürdigen Lachen: „Natürlich wolltest du das nicht, und ich bin sehr stolz auf dich.“

Onkel Edwin fragte mich, was wir denn da drinnen gefunden hätten. Ich erwähnte die Fledermäuse und Miguel schnappte das auf. „Fledermäuse?“, wiederholte er sehr laut. Und dann rief er den Gepäckträgern etwas zu, so schnell, dass ich nichts außer dem Wort „Camazotz“ verstand – und einige von ihnen machten auf dem Absatz kehrt und flüchteten!

Im Nachhinein wird mir bewusst, Emily, dass es nur die einheimischen Träger waren, die wegrannten, oder jene, die wie Miguel Maya-Blut in sich hatten. Onkel Edwin rief ihnen nach, sie seien abergläubische Banausen. Ich nehme an, sie glauben an die schrecklichen Legenden von Camazotz.

Als sich der Staub gelegt hatte, versuchten wir, nach Sir Donald zu rufen, aber wir bekamen keine Antwort. Wir räumten einen kleinen

Geröllhaufen vom Eingang weg, aber weiter drinnen blockierte ein großer Fels den gesamten Durchgang ...

Ben beobachtete, wie die bei ihnen gebliebenen spanischen Träger ein paar große Äste von einem Baum absägten. Dann halfen sein Vater und Onkel Edwin, die Äste an den Seiten unter den Felsbrocken zu zwängen, in der Hoffnung, ihn so heraushebeln zu können. Voller Angst wartete Ben am Rande der Szene. Er machte sich Sorgen um Sir Donald und wollte unbedingt mithelfen. Aber Harrison hatte ihm befohlen, aus dem Weg zu gehen. Ben vermutete, sein Vater wollte ihn nicht in der Nähe haben, falls es einen weiteren Erdrutsch geben würde.

„Se movió!", war der Ausruf eines der Träger zu hören – der Fels bewegte sich!

Die Männer machten sich mit neuem Eifer wieder an die Arbeit. Die Äste saßen jetzt genau an der richtigen Stelle und die Männer hievten sie auf und ab. Plötzlich bewegte sich der Fels und rollte aus dem Höhleneingang. Die Männer sprangen zur Seite, um nicht mit den Füßen unter den Fels zu geraten. Ein paar von ihnen übernahmen den Brocken und rollten ihn weiter aus dem Weg. Edwin, Ben und Harrison gingen in die Hocke und lugten in die Höhle.

Ben sprang zurück, als ihm aus dem Höhleneingang plötzlich eine Wolke von Staub und Geröll entgegenschlug. Dann bewegte sich drinnen etwas und Sir Donald Finlay taumelte völlig eingestaubt ins Tageslicht hinaus. Er hielt einen Augenblick inne und straffte die Schultern. Die Männer jubelten, verfielen dann aber in verlegenes Schweigen. Sie blickten sich stirnrunzelnd um.

Der Urwald war verstummt.

Ben bemerkte es auch. Der Urwald war normalerweise immer

voller Geräusche, selbst in der Nacht. Da waren die Insekten und der Wind in den Blättern, und da waren das Knacken, Bellen und Heulen, über das man lieber nichts Genaueres wissen wollte. Aber irgendein Geräusch war immer zu hören. Er war schon so sehr daran gewöhnt, dass er längst aufgehört hatte, darauf zu achten. Nun fiel es ihm auf, weil es nicht mehr da war. Die Stille war wie etwas Dichtes und Schweres, das sich über den Wald herabgesenkt hatte. Jedes Geräusch, das er oder jemand anders machte, schien viel zu laut. Aber Ben hatte das Gefühl, er müsse die unnatürliche Stille durchbrechen. „Sind Sie in Ordnung, Sir Donald?", erkundigte er sich besorgt.

Sir Donald fixierte Ben mit eiskaltem Blick. „Mir geht's blendend", schnauzte er und klopfte den Staub von seinen Kleidern. „Behellige mich nicht mit so banalen Fragen." Er machte einen Schritt nach vorn und sah sich um. Sein Blick fiel auf die Inschriften am Höhleneingang. Eine Art schwaches, stolzes Lächeln huschte über sein Gesicht, verschwand dann aber so schnell wieder, wie es gekommen war. „Was viel wichtiger ist, den Fledermäusen geht es auch gut", fuhr er fort. „Eine faszinierende und einmalige Gattung. Wir müssen jedes einzelne Tier erhalten. Sherwood, schick die Männer zurück zum Camp, um die Kisten zu holen. Schmeißt alle bisher gesammelten Exemplare raus – sie sind unwichtig. Bringt die Kisten hierher. Und bringt dickes Sackleinen mit – Fledermäuse sind Nachttiere und müssen im Dunkeln gehalten werden."

Im ersten Moment rührte sich niemand. Alle waren zu überrumpelt.

Sir Donald hob gereizt die Stimme. „Muss ich das zweimal sagen?", fragte er fordernd.

Edwin Sherwood wandte sich schnell den Trägern zu und wiederholte die Anweisungen. Um nicht zu zeigen, wie sehr ihn Sir

Donalds Verhalten befremdete, reagierte er genauso barsch.
Ben rührte sich nicht, so verblüfft war er über die schroffe Art, mit der Sir Donald sie gerade abkommandiert hatte.
Sein Vater kam zu ihm und legte einen Arm um ihn. „Ich nehme an, die Sache hat ihn mehr mitgenommen, als er zugeben mag, Ben“, sagte er sanft. „Die Zeit wird die Wunden schon heilen.“

Ben, sein Vater und Onkel Edwin gingen mit den Trägern zum Camp und ließen Sir Donald bei der Höhle zurück. Von Miguel und den anderen Mayas war bei den Zelten keine Spur zu sehen. Es sah ganz so aus, als wären sie tatsächlich aus dem Camp geflohen.
Auf Sir Donalds Befehl hin wurden die gefangenen Tiere freigelassen – selbst Bens geliebter Veilchen-Trogon. Die Träger machten sich mit den nun leeren Kisten auf den Weg zurück in den Urwald. Harrison Cole ließ sich an einem der Klapptische nieder, begann seine Kopien der Höhleninschriften zu studieren und verglich sie mit früheren Notizen in seinen anderen Büchern. Edwin Sherwood verschwand in seinem Zelt.
Ben lungerte im Camp herum. Er kam sich etwas verloren vor. Keine Tiere zu versorgen; nichts, was er tun könnte, um seinem Vater zu helfen, und nicht viel, was er bei der Höhle ausrichten könnte. Und der Urwald war noch immer vollkommen still, was beunruhigend war. Als Ben die Anspannung nicht mehr aushielt, sprang er auf und lief auf der Lichtung umher. Er sehnte sich danach, dass etwas passieren und die beklemmende Stille durchbrechen würde. Am liebsten hätte er eine Melodie gepfiffen, aber seine Lippen konnten keinen Ton zu Stande bringen.
Es war jetzt dunkel und das Feuer gab nur sehr wenig Licht. Ben half seinem Vater, ein paar Laternen anzuzünden, aber noch immer konnten sie kaum den Rand der Lichtung erkennen. Es

war, als wären sie allein in einer schwach beleuchteten Luftblase auf dem Meeresgrund. Zum ersten Mal seit Monaten fror Ben und wickelte sich in seinen Mantel. Er fragte sich, ob er eine Grippe ausbrütete.

Ein leises Geräusch hinter ihm ließ Ben herumfahren und aufschreien. Eine dunkle Gestalt stand am Rande der Lichtung. Sie trat ins Licht und Benedict wurde rot, als er sah, dass es nur Sir Donald war.

„Du bist heute ganz schön laut“, sagte Sir Donald kalt. „Hier herüber! Bringt sie hierher!“

Die Träger folgten ihm. Immer zwei Männer trugen eine mit Stoff verhüllte Kiste.

„Stellt sie dort hin“, befahl Sir Donald und wies auf den Rand der Lichtung. Als die Männer die Kisten abgestellt hatten, trat er nach vorne und zog den Stoff von der ersten Kiste. Sie war voller Fledermäuse. Ganz so, wie sie von der Höhlendecke gehangen hatten, hingen sie nun kopfüber in der Kiste. Sir Donald schritt an der Reihe von Kisten entlang und zog den Überwurf von jeder einzelnen. Sie waren alle voll. Vorhin hatte er gesagt, er wolle ein paar Exemplare sammeln. Nun sah es ganz so aus, als hätte er die gesamte Höhle mitgenommen.

Und sie waren ganz eindeutig lebendig und wach. Die Kisten waren zwar zu klein zum Fliegen, aber Ben konnte sehen, wie die Fledermäuse sich in der Enge unruhig hin und her bewegten und ihre winzigen blutroten Augen im Feuerschein funkelten.

„Wollten Sie die Tiere nicht bewusstlos machen, Sir Donald?“, fragte er. Er erinnerte sich, dass Sir Donald vor dem Erdrutsch davon gesprochen hatte, zu diesem Zweck ein Feuer zu legen.

„Dafür bestand keine Notwendigkeit“, antwortete Sir Donald schroff. „Sie sind völlig zahm. Und jetzt frag' mir keine Löcher in den Bauch.“

Er hatte ganz offensichtlich noch immer nicht sein übliches raues, aber herzliches Wesen zurück. Ben warf seinem Vater einen Blick zu, aber der zuckte nur mit den Schultern. Jeder konnte mal ein bisschen neben sich stehen, wenn er mit etwas Wichtigem beschäftigt war.

Sir Donald fummelte an dem ersten Käfig herum und Ben fragte sich, was er da machte. Dann schwang die Klappe der Kiste auf und die Fledermäuse schwärmten heraus. Die spanischen Träger kreischten, duckten sich instinktiv und hielten sich schützend die Hände über den Kopf. Ben, der heute schon zweimal für sein Geschrei zurechtgewiesen worden war, bemühte sich, nicht zu kreischen. Wie ein wahrer englischer Gentleman nahm er sich zusammen, aber er war drauf und dran zu fliehen.

Die Fledermäuse flogen einfach ein paar Mal um die Lichtung und beruhigten sich dann. Sie hingen an den Bäumen und starrten hinunter auf die Menschen. Sir Donald öffnete einen Käfig nach dem anderen. Als er fertig war, war die Lichtung gesäumt von schwarzen Fledermäusen, die von den Ästen hingen.

„Wie ich schon sagte", bemerkte Sir Donald. „Völlig zahm."

Schweigend saß die Mannschaft dann beim Abendbrot – unter dem starren Blick von hundert Fledermäusen. Der Urwald hatte noch immer nicht seine übliche Geräuschkulisse wiedererlangt und die Gegenwart der Fledermäuse ließ auch die Menschen schweigen. Die Gepäckträger bekamen kaum einen Bissen hinunter. Harrison versuchte, ein Gespräch anzufangen, aber Sir Donald gab nur ein paar mürrische Worte von sich und Ben war nicht nach reden zu Mute. Die Lichtung kam ihm vor wie eine Zielscheibe. Die Fledermäuse um sie herum waren wie Pfeile und er hatte das Gefühl, als würden er und seine Begleiter direkt in der Mitte der Zielscheibe sitzen.

5

Aus dem Tagebuch von Benedict Cole
6. März 1860 (Fortsetzung)

Alle Kisten sind voll und es ist nicht schwer zu erraten, dass damit auch die Expedition zu Ende ist. Wir haben keinen Platz mehr für weitere Tiere. Onkel Edwin brachte dies beim Abendessen zur Sprache und Sir Donald sagte: „In der Tat. Morgen werden wir unseren Rückweg in Richtung Küste antreten." „Warum das?", fragte Vater erstaunt. Und Sir Donald sagte nur: „Weil ich es entschieden habe." Es war das erste Mal, dass ich sie streiten gesehen habe. Vater hatte damit gerechnet, noch ein paar Monate hier zu bleiben. Onkel Edwin sagte, sie hätten noch längst nicht alles erforscht, was sie sich vorgenommen hätten. Sir Donald sagte, es gäbe keine Diskussion: Sein Entschluss stünde fest, es wäre schließlich seine Expedition. Das stimmt zwar, er bezahlt das Ganze, aber trotzdem … Ich sah Vaters Träume dahinschwinden. Und Onkel Edwin! Ich dachte schon, gleich würde er Sir Donald schlagen, bloß dass er das nie in meiner Gegenwart tun würde. Vater murmelte nur etwas wie „Immerhin haben wir die Felsinschriften, nicht wahr, Ben?", und verstummte dann. Du weißt ja, dass er nicht gerne streitet. Aber ich merkte, wie enttäuscht er war.
Danach schwiegen wir eine Weile. Ich glaube, Vater und Onkel Edwin brachten einfach vor Wut kein Wort mehr heraus. Doch dann begann Sir Donald plötzlich ein neues Gespräch. Er fragte Onkel Edwin nach seiner berühmten Fledermausstatue. Onkel Edwin antwortete aus reiner Höflichkeit, war aber sehr kurz angebunden.

Er sagte, die Statue sei aus purem Gold und etwa fünfzehn Zentimeter breit. Sie sei erstaunlich gut erhalten und eine ungewöhnlich lebensnahe Darstellung einer Fledermaus – nicht so stilisiert wie viele Maya-Kunstwerke. Offenbar hat man bisher nur ein weiteres Kunstwerk dieser Art gefunden. Es wurde vor zwei Jahren von dem französischen Archäologen Dampierre entdeckt und ist in ähnlicher Art gefertigt wie die Fledermaus – vermutlich von demselben Künstler. Dampierres Exemplar hat die Form eines Auges und steht heute im Pariser Louvre.

Wieder und wieder fragte Sir Donald, ob Onkel Edwins Fledermaus und Dampierres Auge die einzigen in diesem Stil gefertigten Kunstwerke seien, von denen man wisse. Onkel Edwin beteuerte, dass sie das seien. Sobald Sir Donald in diesem Punkt Gewissheit hatte, hörte er auf zu reden. Onkel Edwin wollte noch mehr von seiner Arbeit erzählen, aber Sir Donald beachtete ihn nicht mehr.

Ich werde Vater nachher fragen, was es mit Camazotz auf sich hat – ich will wissen, warum die einheimischen Träger geflohen sind. Ich werde dir alles erzählen, was ich rausfinden kann.

„Camazotz?", fragte Harrison Cole später. Er und Ben waren in ihrem Zelt und machten sich bettfertig. „Er war ein selbst für Maya-Verhältnisse ungewöhnlich widerlicher Gott. Der Gott der Unterwelt. Na ja, das macht alles Sinn. Die alten Mayas hielten Höhlen für Eingänge in die Unterwelt, und Fledermäuse leben nun mal in Höhlen. Dieser Gott aber ...", Harrison ging plötzlich in die Hocke und flatterte mit seinem Mantel wie mit zwei Flügeln, „war ein Fledermausgott, der sich von menschlichem Blut ernährte – ein Vampir! Schlimmer noch, er konnte seine Anhänger ebenfalls in Vampire verwandeln. Die konnten dann die Gestalt einer Fledermaus annehmen oder in ihrem menschlichen

Körper auftreten, ganz wie sie wollten. Und auch sie tranken menschliches Blut und verwandelten andere in Vampire wie sie selbst."

Ben merkte sofort, wo der Haken an der Sache war. „Aber dann wäre ja bald jeder ein Bluttrinker und kein normaler Mensch mehr übrig!"

Harrison zuckte die Schultern. „Es scheint, Camazotz hatte auch seine Schwächen. Du hast gehört, dass Miguel ihn ‚Der-in-der-Dunkelheit-wandelt' genannt hat. Camazotz und auch seine Diener konnten kein direktes Sonnenlicht vertragen. Zweifellos hatten sie noch andere Schwächen, aber wir wissen nicht genug über die Religion, um sagen zu können, welche das waren."

„Ich frage mich, ob Miguel wohl etwas darüber gewusst hätte", sagte Ben nachdenklich.

„Ach ja, Miguel", seufzte Harrison. „In dieser Weltgegend hält sich alter Aberglaube lang, Ben. Wir Europäer gehen gerne davon aus, dass wir einfach mit unserer Kultur und Religion in neue Länder kommen und alles, was dort zuvor gewesen war, spurlos verschwindet. Aber so funktioniert das nicht. Meistens wird das Neue nur in das Alte aufgenommen. Denk nur an den Tag der Toten. Die Mexikaner feiern ihn jedes Jahr und er geht zurück auf die alte Religion der Azteken im Norden, aber inzwischen ist eine ordentliche Portion Katholizismus dazugekommen.

Der Glaube an Götter wie Camazotz, der sich beim besten Willen nicht mit dem Christentum vereinbaren lässt ... na ja, du hast ja gesehen, was mit einem solchen Glauben passiert. Er verschwindet nicht, er schlummert nur in den Köpfen der Menschen, bis zur passenden Gelegenheit. Die Felsbilder handelten von Camazotz. Die Höhle war voller Fledermäuse – wie vermutlich jede Höhle in dieser Weltgegend. Für einen abergläubischen Mann wie Miguel ist all das Beweis genug, dass Camazotz dort gelebt hat."

Für eine Weile lag Ben schweigend auf seinem Feldbett und dachte über die Fledermäuse nach. Darüber, wie intelligent sie ihn angesehen hatten. Aber er sagte sich, dass es schließlich keinen Grund gäbe, weshalb Fledermäuse nicht intelligent sein könnten. Es war ungewöhnlich, aber es war nicht unmöglich. Sie konnten klug sein wie zum Beispiel Hunde; nicht wie ein Mensch natürlich.

Er sah zu seinem Vater hinüber, der sich über seine Notizbücher gebeugt hatte und wild vor sich hin kritzelte, und dann kuschelte er sich ein, um zu schlafen.

Aus dem Tagebuch von Benedict Cole
10. März 1860

Als ich heute früh aufwachte, herrschte im Camp sehr gedämpfte Stimmung. Die Fledermäuse sind wieder in ihren Kisten, aber der Dschungel bewahrt sein beklemmendes Schweigen und niemandem steht so recht der Sinn danach, die Stille mit einem Schwatz zu durchbrechen. Sir Donald ist noch immer sehr barsch, auch wenn der Unfall jetzt schon drei Tage her ist.

Es ist unsere dritte Nacht unterwegs. Wir sind auf dem Rückweg zum Hafen, aber wir werden noch ein paar Tage brauchen. Wir folgen nicht dem Weg, der uns hierher gebracht hat, sodass Onkel Edwin seine Ruinenstadt nicht noch einmal sehen wird. Sir Donald führt uns, wie er sagt, auf schnurgeradem Wege durch den Dschungel. Der Weg scheint in der Tat gerade zu verlaufen, aber wenn man den Himmel kaum sehen kann, ist das schwer einzuschätzen.

Die schlechteste Nachricht ist, dass eine Krankheit unter uns ausgebrochen ist. Bis hierher hatten wir es nur mit ein paar Magenverstimmungen zu tun, aber dieses nun ist eine ernsthaftere Krankheit.

Einige der Träger sind erkrankt und klagen über Erschöpfung. Sie sehen vollkommen ausgelaugt aus. Was auch immer es ist, es schreitet schnell voran. Bei Sonnenuntergang sind die Männer noch gesund und fit, am Morgen plötzlich blass und schwach. Über Nacht hat sich dann ihre Gesichtshaut straff über ihre Schädel gespannt und ihre Rippen sind deutlich unter ihrer Haut zu erkennen. Es kommt mir seltsam vor, dass die Krankheit die Träger und nicht die Europäer erwischt hat, zumal die Träger dieses Land und sein Klima gewöhnt sind, während wir Fremde sind.

Wir ziehen weiter und alles, was wir tun, dreht sich um die Fledermäuse. Wir dürfen keinen Lärm machen, um sie nicht zu stören. Die Kisten müssen so getragen werden, dass die Tiere nicht durcheinander purzeln. Die Träger dürfen keinen Tabak kauen, da der Geruch die Fledermäuse stören könnte. Sir Donald lässt die Fledermäuse noch immer jeden Abend raus und sie scharen sich um das Camp und starren uns an. Am Morgen dann sind sie zurück in ihren verhüllten Kisten. Irgendwann müssen sie wohl auch gefüttert werden, aber ich habe das noch nie beobachtet. Und ich frage mich gerade: Wie will Sir Donald die Tiere bloß auf See am Leben erhalten?

„Anämie“, erklärte Edwin Sherwood mit Bestimmtheit. Er hatte neben der Leiche gekauert und stand nun auf und blickte in die Runde der Träger, die sich um ihn versammelt hatten. Er war kein Arzt, aber er war ein wohlhabender Engländer und Ben wusste, dass ihm das allein Autorität verlieh.

Die Mannschaft war wie gewöhnlich aufgewacht und hatte die Fledermäuse in ihren Kisten vorgefunden. Sir Donald hatte wie immer ungeduldig zum Aufbruch gedrängt. Einige der kranken Männer stöhnten; ihre Haut spannte sich immer straffer über ihren Knochen. Von einem Nachtlager jedoch war kein Geräusch

zu hören und keine Bewegung zu vernehmen. Der Mann war über Nacht gestorben.
„Anämie“, verkündete auch Harrison Cole und nickte energisch. „Etwas anderes kann es nicht sein. Ein sehr häufiges Leiden und – Ben! Was machst du da? Komm zurück!“
Ben aber empfand bei allem Entsetzen eine unwiderstehliche Faszination. Noch nie hatte er einen Toten gesehen. Das Gesicht des Mannes war weiß wie Papier und er sah friedlich aus – als sei er ohne jeden Todeskampf gestorben. Bens Vater hatte die Augen des Trägers geschlossen, sodass er nur zu schlafen schien. Aber er schlief nicht. Was immer es gewesen war, das ihn lebendig gemacht hatte – es war verschwunden.
Ben wich zurück und dachte über den toten Mann nach. Wenn er eine Familie gehabt hatte, würden ihn seine Frau und seine Kinder nun nie wiedersehen. Mit dem Tod dieses einen Menschen, dessen Namen Ben nicht einmal kannte, war etwas Unersetzliches von dieser Erde verschwunden.
„Er haben was wir haben“, sagte einer der Träger mit müder und schwacher Stimme. Ihm und vermutlich auch den anderen war ein nahe liegender Gedanke gekommen. „Wir werden sterben auch?“
„Niemand muss hier sterben“, antwortete Edwin Sherwood schroff. „Sir Donald hat schon Recht. Wir müssen raus aus diesem Dschungel. Also, baut die Zelte ab und los geht's – sobald wir, ehm … diesen Mann hier beerdigt haben.“
„Juan“, warf der Träger ausdruckslos ein.
„Juan, natürlich“, sagte Edwin.
Sir Donald hatte sich um all das nicht gekümmert. Er stand abseits und betrachtete seine Fledermäuse. Harrison Cole ging zu ihm hinüber und teilte ihm mit, dass sie eine Beerdigung abhalten würden.

Er fragte, ob Sir Donald als Führer der Expedition nicht ein paar Worte am Grab sagen wolle. Ben beobachtete, wie Sir Donald seinen Vater verständnislos ansah. „Haltet eure Totenrituale ab, wenn ihr es nicht lassen könnt, Cole", sagte er, „was immer das bringen soll." Und damit schritt er davon.

Aus dem Tagebuch von Benedict Cole
3. April 1860

Inzwischen hat es weitere Todesfälle gegeben. Sie geschehen alle über Nacht. Sie laufen alle in derselben Art und Weise ab. Und sie treffen immer die Träger.
Sir Donald besteht natürlich darauf, alle Fledermäuse zu behalten. Als wir nicht einmal mehr genügend Träger hatten, um sie zu transportieren, pferchte er einfach mehr Fledermäuse in weniger Kisten. Vater fragte Sir Donald, warum er denn nicht einfach ein paar der Kisten zurückließe, und Sir Donald explodierte förmlich! Er schrie, er leite diese Expedition, die Fledermäuse seien wichtig und er müsse jede einzelne von ihnen mit nach Hause nehmen. Vater wies darauf hin, dass er doch sicher nur einige Paare zur Zucht benötige. Oder vielleicht könne er ein paar Tiere töten und sie als Probeexemplare mitnehmen, bis dann eine besser ausgerüstete Expedition mit mehr Männern nach Mexiko zurückkehren und den Rest abholen könne. Du hättest sehen sollen, wie zornig Sir Donald da wurde! Ich dachte schon, er würde vor Wut ersticken. Letzten Endes aber wiederholte er nur noch einmal, wie wertvoll die Fledermäuse seien. Er sagte, sie könnten die weltweit einzigen ihrer Art sein, und wenn wir sie zurückließen, würden wir sie vielleicht nie wieder finden.
Schließlich wurde auch Vater wütend. Er schrie nicht wie Sir Donald, aber er fragte, ob die Fledermäuse etwa wichtiger als Menschenleben

wären. Sir Donald erwiderte, dass sie jedes Opfer wert seien, das diese Expedition bringen könne – bis zum letzten Mann!

Von da an hatte es einfach keinen Sinn mehr, mit Sir Donald zu diskutieren, wie Onkel Edwin Vater klar machte, als er dachte, ich würde gerade nicht zuhören. Die beiden fragen sich, ob Sir Donald vielleicht selbst an einem Fieber erkrankt sei. Onkel Edwin sagt, so ein Fieber kann das Gehirn durcheinander bringen.

Vater und Onkel Edwin haben nun doch gemerkt, dass ich viel mehr mitkriege, als sie dachten. Jetzt bemühen sie sich, vertrauliche Gespräche nicht mehr in meiner Nähe zu führen. Ich weiß, sie wollen vermeiden, dass ich mir Sorgen mache.

Aber ich kann mir auch gut alleine Sorgen machen, Emily. Mir ist klar, dass sie diese Krankheit nicht wirklich für Anämie halten. Neulich hörte ich sie tuscheln, dass der Mensch etwa vier Liter Blut im Körper hat, und doch haben unsere toten Männer kaum noch einen Tropfen in ihren Adern. Die verbliebenen Träger (die jetzt alle krank sind) glauben das mit der Anämie auch nicht. Ich bin sicher, sie bleiben nur bei uns, weil sie sich alleine im Dschungel noch unsicherer fühlen würden.

Ich bin mal gespannt, welche Erklärung Vater für Sir Donalds neueste merkwürdige Entscheidung finden wird.

Du musst wissen, seit wir im Dschungel sind, habe ich diese Tagebucheinträge am Abend geschrieben, nach den Pflichten des Tages und vor dem Schlafengehen. Diese Zeilen schreibe ich aber kurz vor Sonnenaufgang. Warum das so ist, Emily?

Weil unsere Träger seit gestern auf eine neue Art und Weise krank werden. Wir befinden uns jetzt schon am Rande des Dschungels. Der Wald wird lichter und manchmal scheinen Sonnenstrahlen durch die Baumkronen. Ich war noch nie so glücklich, die Sonne zu sehen. Aber der erste Einheimische, der ins Licht trat, schrie auf und wich zurück. In ungefähr zwei Sekunden hatte er sich den schlimmsten Sonnen-

brand eingefangen, den ich je gesehen habe. Seine Haut war feuerrot und voller Blasen. Ich könnte schwören, sie qualmte.
Sir Donald befahl sofort, eine Rast einzulegen. Von nun an, sagte er, würden wir in der Nacht marschieren und tagsüber schlafen. Offenbar ist die kühle Luft besser für seine Fledermäuse. Tatsächlich bestand er sogar darauf, dass wir unser Lager ein Stück weiter zurück im Dschungel aufschlagen sollten, wo die Bäume dichter stehen. Vater und Onkel Edwin wollten noch etwas einwenden, aber Sir Donald hörte nicht zu. Er war zu sehr damit beschäftigt, die Kisten zu verhüllen, damit auch ja kein Sonnenlicht hineingelangen konnte.
Aber irgendwann werden wir die Sonne nicht mehr meiden können. Wir sind schon in der Nähe des Meeres! Es gibt hier keinen Berg, von dem aus man es schon sehen könnte, aber ich kann es riechen. Heute Nachmittag kam der Wind aus Osten und die angenehme Seeluft roch rein und klar. Sir Donald verkündete, dass die Expedition Puerto Morelos binnen vierundzwanzig Stunden erreichen würde – noch ein nächtlicher Marsch und wir sind da. Sir Donalds geliebte Fledermäuse können fern des Sonnenlichts im tiefsten Frachtraum des Schiffes untergebracht werden (ehrlich gesagt hoffe ich, dass jemand die elenden Viecher über Bord wirft) und wir können wieder ein Leben bei Tageslicht führen.
Durch das Zelt schimmert schon das Sonnenlicht. Ich werde jetzt versuchen zu schlafen.

Ben klappte sein Tagebuch zu und streckte sich. Er stopfte es in seine Manteltasche und stand auf.
Dann hörte er plötzlich einen Schuss und warf sich auf den Boden. Es klang beängstigend nah – unmittelbar vor dem Zelt.
Durch die Zeltplane hörte Ben ein Gewirr von Rufen, Schreien und Wehklagen, dann einen wahren Kugelhagel. Mit weit aufge-

rissenen Augen kroch er auf den Zelteingang zu, aber da wurde die Plane auch schon zurückgeschlagen und sein Vater taumelte herein. Er stolperte über Ben und stürzte.
„Steh auf, Ben! Mach schon!", drängte Harrison, während er sich aufrappelte und Ben am Kragen hochzog. „Wir müssen verschwinden. Sofort!" Er schwitzte, atmete schwer und sein Gesicht war weiß vor Angst oder Schock. Sein Hemdkragen war rot von Blut.
„Aber ...", begann Ben.
„Sofort", befahl Harrison Cole. „Komm jetzt!" Und er zog Ben hinaus hinter das Zelt.
Draußen waren noch immer laute Schreie zu hören. Sie waren schrecklich, herzzerreißend, voller Todesahnung. Die Schüsse hatten aufgehört.
Die Fledermäuse waren nicht in den Kisten. Ein paar schwirrten um das Camp, stets im Schutz des Schattens. Andere scharten sich auf dem Boden. Sie sahen aus wie ein Haufen flatternder schwarzer Flügel. Dann sah Ben voller Entsetzen Arme und Beine aus dem Haufen herausragen, und ihm wurde klar, wo die Schreie herkamen. Die Fledermäuse saugten die Träger aus. Alle von ihnen!
Sir Donald stand daneben und lächelte. Sein Grinsen schien sein Gesicht von Ohr zu Ohr zu spalten. „Willkommen zum Festmahl", sagte er. Es war nicht seine gewohnte Stimme. Sie war tief und rau und kehlig. Sie schien aus der ganzen Luft um ihn herum zu kommen.
Harrison zog Ben aus dem Schatten und ins Sonnenlicht. Ben blinzelte, als ihm die morgendlichen Sonnenstrahlen in die Augen schienen.
„Lauf, Ben", rief Harrison Cole. „Die Fledermäuse können nicht ins Licht kommen. Lauf!"

6

Aus dem Tagebuch von Benedict Cole
3. April 1860 (Fortsetzung)

Wir waren schon eine Stunde gerannt, gegangen und wieder gerannt, und Vater hatte die ganze Zeit über kein Wort gesagt. Wir folgten einem staubigen Weg in Richtung Küste. Die Sonne war nun so heiß, dass auch die Seeluft keine Erleichterung mehr bot, und wir hatten nicht einmal unsere Hüte aus dem Camp mitgenommen.
Mir schwirrten so viele Fragen durch den Kopf, dass ich fast platzte. Ich bin sicher, dir geht's ähnlich, Emily, aber du kannst wenigstens Seiten überspringen, um schnell zu sehen, wie es weitergeht.
Nach einer Weile begann Vater zu taumeln und ich musste ihn stützen. Schließlich machten wir unter ein paar Bäumen Rast, aber zuerst befahl mir Vater, auf einen von ihnen zu klettern und einen Blick zurück zu werfen. Verfolgte uns jemand? Ich konnte keinen Menschen – und auch kein Tier – sehen und teilte Vater dies mit. Dann sprang ich wieder nach unten. Zum ersten Mal, seit wir aus dem Zelt geflohen waren, betrachtete ich Vater genauer.
Oh, Emily, ich bringe es kaum übers Herz, es zu schreiben. Ich hatte gedacht, er sei bleich vor Schock. Nun sah ich, dass ich mich geirrt hatte. Vater war blass, aber es war nicht der Schock. Es war ein Symptom, das ich in den letzten zwei Wochen nur allzu oft gesehen hatte. Vater hatte die Krankheit.
Er lag in sich zusammengesackt am Fuße des Baumes und brachte nur ein mattes Lächeln zu Stande. Er bat mich, mich neben ihn zu

setzen, und legte einen Arm um mich. „Ich hätte dich nie hierher bringen sollen, Ben", sagte er. Und dann dachte ich schon, er sei gestorben, da seine Stimme immer leiser geworden und sein Kopf nach vorne gesackt war. Doch plötzlich schien er wieder Kraft zu schöpfen und hob den Kopf.

„Er hat aufgehört, sich zu verstellen", sagte Harrison. Seine Stimme war sehr schwach. Ben kämpfte mit den Tränen und rückte näher, um jedes Wort zu verstehen. Sein Vater seufzte. „Es war unser letztes Camp. Der Hafen war nicht mehr weit. Er hatte keinen Grund mehr, sich weiter zu verstellen. Er brauchte die Träger, ja, uns alle nicht mehr, und so warf er uns den Fledermäusen zum Fraß vor. Bisher hatten sie nur hier und da naschen dürfen. Jetzt sollten sie endlich anständig gefüttert werden."

Ben runzelte die Stirn und versuchte verzweifelt, das alles zu verstehen. „Meinst du Sir Donald?", fragte er.

Harrison Cole schüttelte müde den Kopf. „Sir Donald ist tot, Ben. Er starb in der Höhle. Ich meine Camazotz!"

Ben starrte seinen Vater fassungslos an, als dieser die Situation erklärte.

„Die Legenden sind wahr. Ich habe die Felsinschriften übersetzt, Ben. Es war eine grobe Übersetzung, lückenhaft, aber ich verstand das Wesentliche. Natürlich glaubten Edwin und ich immer noch nicht daran! Anfangs nicht. Wir sind moderne, vernunftbegabte Männer. Aber nach und nach machte das Ganze Sinn. Wir sahen Dinge. Es gab Hinweise – und schließlich wurde uns klar ...

Hör zu, Ben, ich weiß nicht, wie Camazotz in diese Höhle gekommen ist. Ich weiß nicht, was er über all die Jahrhunderte gemacht hat. Aber ich weiß, dass er in Sir Donalds Körper gefahren ist. Und diese Fledermäuse, diese Höllenwesen, sind seine Diener.

Edwin und mir wurde klar, was uns alle erwarten würde. Also boten wir Camazotz die Stirn. Wir waren Narren! Wir dachten, eine Schusswaffe aus dem neunzehnten Jahrhundert könnte es mit einem Maya-Gott aufnehmen. Edwin schoss ihm in die Brust, und zwar aus kürzester Entfernung. Er blutete nicht. Er lachte nur und das Einschussloch heilte. Und dann stürzten sich die Fledermäuse auf uns – auf Edwin, die Träger und auf mich. Ihr bloßes Gewicht warf mich um. Und ich spürte, wie sich die Vampirzähne in meinen Hals gruben ..." Er schauderte und zog seinen Kragen herunter, um Ben zwei kleine, nebeneinander liegende Wunden zu zeigen.

„Edwin zerrte sie von mir weg und forderte mich auf, dich zu holen und wegzulaufen. Also tat ich das. Das Letzte, was ich von ihm sah, war, dass er um sich schoss und die Fledermäuse in Schach hielt, um uns Zeit zur Flucht zu geben. Er starb wie ein Held, Ben.Nun hör mir zu." Harrisons Stimme klang schwächer, aber sein Tonfall war eindringlicher. „Das ist jetzt sehr wichtig. Ich weiß nicht, worauf Camazotz aus ist, aber wenn er lediglich in Mexiko Chaos anrichten wollte, würde er nicht all diese Mühe auf sich nehmen. Ich vermute, er will mit seinen Fledermäusen nach London gelangen. Deshalb musst du Folgendes tun: Du musst nach Puerto Morelos gehen und noch vor ihm ein Schiff erwischen. Heute Nacht musst du in einem Privathaus schlafen. Camazotz kann dort nicht eindringen, verstehst du, und auch seine Vampire können das nicht. Wesen wie er brauchen eine Einladung, um in ein Privathaus zu gelangen. Deshalb waren wir auch in unseren Zelten sicher. Sie waren unser Zuhause im Dschungel. Morgen dann musst du ein Schiff finden und hier wegkommen."

„Ich allein?", platzte es aus Ben heraus. „Nein! Nein, Vater, du kommst auch mit!"

„Ich?" Harrison Cole lächelte sehr schwach und müde. „Ja,

natürlich. Ich komme auch mit. *Wir* müssen nach Puerto Morelos kommen. Und wir müssen es noch vor Sonnenuntergang dorthin schaffen, oder die Fledermäuse werden uns holen. Denk daran, in einem Privathaus Schutz zu suchen ..." Er seufzte und Ben musste sich sehr anstrengen, um ihn zu verstehen. „Sehr müde. Muss ein wenig schlafen ..."

Harrison drückte Ben fester an sich und Ben erwiderte die Umarmung. Er blickte ins Sonnenlicht, das durch die Bäume schien. Es war noch längst nicht Mittag. Genug Zeit für eine kurze Rast, bis sie nach Puerto Morelos aufbrechen mussten. Er wollte sehen, ob er noch etwas Wasser finden könnte, bevor sie sich wieder auf den Weg machten, denn der Tag würde noch heiß werden.

Harrisons Arm um Bens Schultern wurde schlaff und sein Kopf sackte wieder nach vorn, sodass sein Kinn auf seiner Brust ruhte. Ben machte sich vorsichtig los, um ihn nicht zu wecken. Er fragte sich, wie viel Blut sein Vater wohl verloren hatte ...

Harrison kippte langsam nach vorne.

„Vater?", fragte Ben besorgt. Er kniete sich neben ihn und berührte sanft seine Schulter. „Vater?" Im nächsten Moment schüttelte er Harrison mit beiden Händen. Tränen liefen über sein Gesicht, als er allmählich die schreckliche Wahrheit begriff – sein Vater würde nie wieder aufwachen. Harrison Cole war tot.

Ben hatte sein Gesicht in das Hemd seines Vaters vergraben, lag auf dem Boden und weinte sehr, sehr lange. Aus irgendeinem Grund erinnerte er sich besonders an einen Tag, als er zu Hause in dem kleinen Park in der Mitte des Bedford Square gespielt hatte. Er musste fünf oder sechs Jahre alt gewesen sein und hatte beschlossen, auf einen Baum zu klettern. Er war höher und höher geklettert, aber dann hatte etwas unter seinem Fuß nachgegeben und er war plötzlich kopfüber hinuntergestürzt. Die starken Arme seines Vaters hatten ihn Zentimeter über dem Boden aufgefangen.

Harrison Cole hatte ihn ruhig und gefasst auf die Beine gestellt und war mit ihm zum Mittagessen nach Hause gegangen. Nach dem Essen hatte er seinem Sohn beigebracht, wie man richtig auf Bäume klettert. Danach war Ben nie wieder von einem Baum gefallen.

Und jetzt war keiner mehr da, um ihn aufzufangen.

Schließlich konnte Ben nicht mehr weinen. Er dachte an die Anweisungen seines Vaters. Langsam erhob er sich und bettete den Körper seines Vaters so, dass Harrison Cole friedlich auf dem Rücken lag. Dann nahm er Harrisons Mantel und legte ihn über sein Gesicht. Er kniete sich neben die Leiche. Alles, was er von Trauergottesdiensten in Erinnerung hatte, war das Vaterunser, und so sprach er dieses Gebet gewissenhaft. Dann stand er auf.

„Leb wohl, Vater", sagte Ben mit erstickter Stimme. Er wandte sich ab und machte sich auf den Weg – den Pfad entlang in Richtung Küste und Heimat.

Aus dem Tagebuch von Benedict Cole
3. April 1860 (Fortsetzung)

Ich habe jetzt keine Tränen mehr, Emily. Klingt das gefühllos? Ich denke, Vater würde es gutheißen. Ich habe um ihn getrauert. Nun habe ich eine Mission zu erfüllen und das Wichtigste ist, am Leben zu bleiben ...

Ausgehungert und halb verdurstet traf Ben am Nachmittag in Puerto Morelos ein. Er hatte den ganzen Weg in der Hitze der Mittagssonne zurückgelegt. Er war zwar unterwegs an ein paar Bächen vorbeigekommen, aber er hatte kein Gefäß gehabt, in dem er das Wasser hätte mitnehmen können. Er hatte seine Jacke ausgezogen und sie wie einen Turban um den Kopf geschlungen. Jetzt, da er wieder unter Leuten war, zog er sie wieder ordentlich an.

Die kleine Stadt war genauso verschlafen und gemütlich, wie er es in Erinnerung hatte. Bens Augen leuchteten auf, als er das Hotel am Zocolo sah. Die Gäste zahlten, um dort zu übernachten, aber der Besitzer wohnte doch bestimmt in demselben Gebäude, oder? Damit war das Hotel auch ein Privathaus und somit unzugänglich für Wesen wie Camazotz.

Aber Ben kam gar nicht bis zum Hotel. An einer Seite führte der Zocolo direkt zum Fischereihafen. Und als Ben zum Meer hinunter blickte, hätte er beinahe laut gejubelt. Dort lag ein Schiff! Es war nicht das Schiff, das Sir Donald für die Reise gechartert hatte. Die Expedition wurde erst in einem Monat zurückerwartet. Aber dieses Schiff war aus der Heimat, denn am Heck flatterte die britische Flagge. Und noch eine Flagge wehte da. Sie war blau mit einem weißen Rechteck in der Mitte – der „Blaue Peter“, der ankündigte, dass das Schiff aufs Auslaufen vorbereitet wurde.

Ben zwang seine schmerzenden Beine, schneller zu laufen. Seine Schritte wirbelten die trockene Erde auf und hallten dann auf den hölzernen Planken des Kais wider. Das Schiff war ein dreimastiges Handelsschiff, das mit der Steuerbordseite festgemacht hatte und mit dem Heck in Richtung Stadt zeigte. Der Beschriftung unter dem Kajütenfenster nach kam es aus Liverpool. Die Matrosen waren noch damit beschäftigt, Vorräte an Bord zu schaffen. Die Abfahrt stand wohl doch nicht unmittelbar bevor und Ben konnte sich erlauben, wieder langsamer zu gehen.

Ein grauhaariger Mann stand an der Reling des Achterdecks und beobachtete das Treiben. Ben wusste aus Erfahrung, dass es an Bord eines Schiffes nur einem Mann zustand, untätig zu sein, wenn alle anderen um ihn herum fleißig waren. Er ging den Kai hinunter, bis er dem Mann gegenüberstand. „Ahoi, Kapitän!", rief er.

Der Mann blickte sich um und grinste. „Oh, hallo, junger Mann", sagte er. „Hätte nicht erwartet, hier auf Englisch angesprochen zu werden."

„Segeln Sie nach England?", fragte Ben erwartungsvoll.

„Ja, über New York und Halifax. Wir segeln in einer Stunde, wenn die Gezeiten wechseln."

„Haben Sie ..." Ben bemühte sich, seine Frage beiläufig klingen zu lassen, aber man merkte ihm doch seine Ungeduld an. „Haben Sie Platz für einen weiteren Passagier?"

Da horchte der Kapitän auf einmal auf und sagte hinterlistig: „Na ja, wie du siehst, ist unser Schiff schon ziemlich überfüllt. Wir haben bedruckte mexikanische Textilien für die Londoner Ladys geladen. Aber vielleicht können wir 'nen kleinen Kerl wie dich noch unterbringen. Ich merk' an deiner Stimme, dass du aus gutem Hause bist, also ...", der Kapitän lehnte sich über die Reling und kniff die Augen zusammen, „wäre es ja wohl kein Problem, das Fahrgeld zu bezahlen, was?"

Bens Hoffnungen schwanden. Er hatte nicht einen Penny in der Tasche!

Der Kapitän sah es ihm an und schüttelte den Kopf. „Hab' ich mir gedacht. Ich kann hier nicht einfach Freikarten aushändigen, junger Mann. Schlecht fürs Geschäft", sagte er.

„Ich ... ich ...", stammelte Ben. „Ich könnte arbeiten. Mir die Überfahrt verdienen. Schiffsjunge sein."

Der Kapitän grinste. „Wenn ich mir dich so ansehe, glaub' ich kaum, dass du dich schon oft durch eigene Arbeit durchbringen musstest, stimmt's?"

Bens Gesicht glühte. „Aber ich ...", begann er.

Aussehen schockiert gewesen, aber in einem weißen, offenen Hemd (das dringend einmal gewaschen werden müsste) sah ich wenigstens etwas mehr wie ein Einheimischer aus. Und dann schlich ich auf der Rückseite der Marktstände umher und stahl ein paar Lebensmittel. Ich nahm nichts leicht Verderbliches. Vor allem Zwieback – und Limonen, denn ich habe von Skorbut gehört. Ich denke, es wird für zwei Wochen reichen, wenn ich sparsam damit bin. Der Kapitän hat gesagt, er wird einen Zwischenstopp in New York einlegen. Wenn wir erst mal dort sind, kann ich entweder mehr Vorräte stehlen oder mich beim britischen Konsul melden. Der muss mich dann einfach nach Hause schicken. Ich habe auch zwei Flaschen geklaut und sie (außer Sichtweite des eigentlichen Besitzers) ganz frech an einem Wassertrog aufgefüllt, als wäre es die selbstverständlichste Sache der Welt.

Der dritte Schritt war, unauffällig zum Kai zurückzuschlendern. Ich holte mir meine Jacke wieder und wickelte das Essen darin ein. Damit man mich vom Schiff aus nicht sehen konnte, versteckte ich mich hinter einem Stapel Fischerkörbe. Dort setzte ich mich an den Rand des Hafenbeckens und ließ die Beine baumeln. Ich band mir die Ärmel meiner Jacke um den Hals, sodass das Bündel über meiner Schulter hing. Dann beugte ich mich schnell vor und stieß mich von der Kante ab.

Platschend ließ ich mich ins Wasser fallen. Glücklicherweise blieb meine Jacke halbwegs trocken, sonst wären das Essen und dieses Tagebuch hin gewesen. Zügig paddelte ich durch das Hafenbecken, nur brustschwimmend, damit ich mit den Armen und Beinen nicht so planschte. Nun wünschte ich mir, ich hätte meine Stiefel ausgezogen, denn die waren schwer und zogen meine Füße nach unten.

Das Schiff lag zu meiner Linken. Ich schwamm langsam den Kai entlang, unter den Planken hindurch und am Schiff längs bis zum Bug. Dann umrundete ich den Bug und gelangte zur Backbordseite, die zum Meer hin lag. Der Anker befand sich direkt über mir. Er war an der Seite des Schiffes befestigt und die Ankerkette verschwand in der Klüse, einer Öffnung in der Schiffswand. Der Anker war zu weit oben, um ihn vom Wasser aus zu erreichen, aber ich kletterte an einer Kette hoch, setzte einen Fuß auf den Anker und schwang mich hinauf. Mein Herz schlug mir bis zum Hals, denn ein Ausrutscher und ich wäre mit einem lauten Platscher in die Brühe zurückgefallen und mit Sicherheit entdeckt worden.

Aber nein. Ich hing am Anker und schaffte es, mich mit den Füßen auf den Ankerflunken aufzurichten. Zuerst musste ich mein Bündel und dann mich selbst durch die Ankerklüse quetschen. Es war gerade genug Platz, um mich hindurchzuzwängen.

Und nun sitze ich hier in meinem neuen Zuhause – dem Kettenkasten. Die hier aufbewahrten Anker werden zurzeit nicht benutzt, sodass es keinen Grund gibt, warum jemand während der Überfahrt hierher kommen sollte. Der Verschlag ist enger, als ich dachte, und voller Taurollen, die zum Trocknen auf Brettergestellen liegen. Die Decke ist so niedrig, dass selbst ich mich hier nicht aufrichten kann. Ein Teil der Decke ist nur ein Gitterrost, aber der Rest ist massiv, sodass ich Schatten habe und mich vor neugierigen Blicken verstecken kann.

Natürlich kann ich hier nicht für immer bleiben, aber es ist April und ich werde nicht erfrieren. Irgendwann werden meine Vorräte aufgebraucht sein. Dann werde ich nachts aus meinem Versteck kriechen und neue suchen. Wenn wir halb über den Atlantik sind und die Heimat näher ist als irgendein anderes Land, werde ich hervorkommen und mich zu erkennen geben. Dann müssen sie mich mit nach England nehmen.

Das ist alles andere als perfekt, aber es ist auch tausendmal besser, als sich den Vampiren auszuliefern. Der Kapitän hat gesagt, das Schiff werde in einer Stunde in See stechen. Diese Stunde müsste nun bald um sein. Adieu, Mexiko – für immer, hoffe ich.

Später

Ich kann es nicht glauben! Der Wind hat gedreht!
Ich habe es regelrecht gehört. Er frischte über dem Wasser auf – ein schauriges, rauschendes Geräusch. Ich spähte durch die Ankerklüse und sah, wie der Wind die Wellen kräuselte. Und dann erfasste er das Schiff. Ich spürte die Wucht: Es war ein sehr sanfter Stoß, aber das Schiff knarrte, als wollte es protestieren, und stieß gegen den Kai.
Und so sind wir noch immer hier. Es müssen Stunden vergangen sein, denn die Sonne ist gerade untergegangen. Ich kann nur berichten, was ich von Matrosen in der Nähe aufgeschnappt habe. Einer von ihnen sagte, so etwas habe er noch nie erlebt – eine Böe, die ein Schiff für Stunden in Schach hält. Schleppboote gibt es in Puerto Morelos nicht. Die Mannschaft könnte ins Beiboot steigen und das Schiff ziehen, aber anscheinend glaubt niemand, dass dies bei so starkem Gegenwind funktionieren würde. So wird unser Schiff weiter an die Kaimauer gedrückt und kann nicht abfahren, bevor der Wind wieder dreht –

„Ahoi, Schiff!"
Der Ruf war nicht laut, aber er ließ Ben mitten im Satz erstarren. Das kann doch nicht sein!, dachte er und stolperte hinüber auf die Steuerbordseite, um sein Gesicht gegen die Klüse zu pressen. Während er sich abmühte, das Geschehen zu beobachten, bemerkte er kaum, dass der Wind plötzlich nachgelassen hatte und das Schiff nicht mehr an die Kaimauer gepresst wurde. Die Klüse zeigte nach vorne. Alles, was weiter hinten auf dem Schiff geschah, konnte er nicht sehen, aber er konnte eindeutig die Stimmen ausmachen. Aufregende Rufe gingen hin und her. Ben konnte nicht genau verstehen, was da gesprochen wurde. Aber er musste auch

gar nicht allen hören. Irgendwie war es ihm sofort klar: Es spielte keine Rolle mehr, dass der Wind gedreht hatte – Camazotz hatte das Schiff eingeholt.

Aus dem Tagebuch von Benedict Cole
4. April 1860

Auch heute kann ich nur wiedergeben, was ich von den Matrosen aufgeschnappt habe.
Sir Donald (oder vielmehr Camazotz in Gestalt Sir Donalds) erschien mit einem Karren voller verhüllter Kisten an der Anlegestelle. Ich habe selbst gehört, wie er dem Kapitän zurief: „Erlauben Sie, dass ich an Bord komme, Sir?" Was der Kapitän sagte, habe ich nicht ganz mitbekommen, aber es stellte Sir Donald anscheinend nicht zufrieden, denn er wiederholte seinen Satz noch zweimal. Schließlich hörte ich den Kapitän rufen: „Herrgott noch mal! Ja, Sir, Sie haben Erlaubnis, an Bord zu kommen!"
Die Matrosen leben auf diesem Schiff. Es ist ihr Zuhause. Ich nehme an, deshalb braucht Camazotz sogar hier eine Einladung, um Einlass zu bekommen.
Ich fragte mich, was er wohl von New York und Halifax halten würde, aber wie sich herausgestellt hat, stehen diese Zwischenstopps nicht mehr auf dem Fahrplan. Sir Donald hat dem Kapitän fünftausend Pfund versprochen, wenn das Schiff direkten Kurs auf London nimmt. Das war zweimal so viel wie die erwarteten Einnahmen der Reise, sodass der Kapitän natürlich eingewilligt hat.
Endlich sind wir auf See. Wir sind gerade noch vor der Ebbe ausgelaufen. Ich bin gefangen auf einem Schiff mit Camazotz und hundert Vampiren!
Ein paar Meter unter mir kann ich das Meer rauschen hören. Wenn

das Schiff sich neigt, schießt die Gischt durch die dem Meer am nächsten gelegene Klüse und ich muss auf die andere Seite flüchten. Am liebsten würde ich herausklettern und mich im Frachtraum verstecken, aber wenn die Fütterung beginnt – und ich habe keinen Zweifel, dass es bald so weit sein wird –, würde man mich entdecken. Meine einzige Chance ist, hier zu bleiben, wo mich niemand vermutet. Durch mein Schweigen liefere ich wahrscheinlich die gesamte Mannschaft Camazotz und seinen Raubtieren aus, aber was bleibt mir anderes übrig, Emily?

5. April 1860

Unser erster Tag auf See geht zu Ende. Ein starker Rückenwind treibt uns stets in die Richtung, die wir einschlagen wollen. Die Matrosen sind begeistert – so etwas haben sie noch nicht erlebt –, obwohl ich sicher bin, dass der Wind, der uns im Hafenbecken festhielt, von genau derselben Kraft ausging.
Camazotz beherrscht das Wetter.
Nur anhand der Schiffsglocke merke ich, wie spät es ist. Ich esse immer dann, wenn die Mannschaft isst, damit meine Mahlzeiten regelmäßig sind. Ich nehme nur einen kleinen Bissen, gerade genug, um meinen knurrenden Magen zu beruhigen, denn ich muss mit dem Essen noch lange auskommen. Irgendwann werde ich hinaus ins Schiff gehen müssen, aber das will ich so selten wie möglich tun. Ich habe solch große Angst davor, entdeckt zu werden. Mit meinen zwei Wasserflaschen werde ich nicht bis London auskommen. Aber am Morgen ist das Schiff voller Tau – Süßwasser, kein Salzwasser. Etwas davon tröpfelt hinunter in den Kettenkasten und ich stelle meine Flaschen auf, um die wenigen Tropfen aufzufangen, die in mein Versteck fallen. Zu den Mahlzeiten nehme ich nur die kleinstmöglichen Schlucke. Der Durst bringt mich noch um ...

13. April 1860

Wir haben die Straße von Florida und die Bahamas hinter uns gelassen, das heißt, wir sind mitten auf dem Atlantik. Das Herz wird mir schwer. Ich erinnere mich an die Seekarte, die wir auf unserer Hinfahrt benutzt haben. Die Strecke von Puerto Morelos hinaus in den Atlantik war der einzige Abschnitt, der größere Manövrierfähigkeit verlangte. Da waren Inseln, Gezeiten und Riffe, auf die man achten musste. Dafür braucht ein Schiff eine gesunde Mannschaft. Nun haben wir dreitausend Meilen offene See vor uns. Ich fürchte, das Schiff kann jetzt auf ein oder zwei Männer verzichten ...

17. April 1860

Es hat begonnen. Heute habe ich einen Matrosen von einer seltsamen Krankheit sprechen hören. Der Kapitän hat die Obstration verdoppelt. Er muss wissen, dass es nicht Skorbut ist, aber ich erinnere mich, dass Vater und Onkel Edwin von Anämie gesprochen haben. Ein Mann in führender Position muss so tun, als wüsste er, was los ist. Weiß der Himmel, was der Kapitän machen würde, wenn er die Wahrheit über die Vampirseuche auf seinem Schiff erführe.

19. April 1860

Ich glaube, Camazotz handelt nach demselben Muster wie zuvor. Er hält sich an die Nacht und die Dunkelheit. Ich habe noch nie gesehen, dass er sich tagsüber aufs Deck wagt. Seine Vampire ernähren sich nur von dem Blut ein paar zäher Männer. Wenn jeder diese „Krankheit“ bekäme, würde der Kapitän womöglich einen Hafen ansteuern. Aber es sind nur ein oder zwei Matrosen, sodass die Gesunden sich einreden, dass es sie nicht erwischen wird.

der Rudergänger am Steuerrad und der Rest der wachhabenden Mannschaft. Er blickte nach oben. Vielleicht saß ein Beobachtungsposten im Mastkorb, aber so weit vorne an Deck war sicher niemand.
Als er wieder nach unten sah, blieb sein Blick an einem Metallschornstein hängen, der aus dem Deck ragte. Es war ein eisernes Rohr, etwas zu dick, um es mit den Händen zu umfassen, und mit einem Deckel, um die Gischt abzuhalten. Ben vermutete, dass es der Rauchfang des Schiffsherdes war und sich unter ihm die Kombüse befand.
Er schlich den Wassergang entlang zum vorderen Treppenschacht. Früher hatte er das geliebt: ein Schiff im Dunkeln, das Rauschen der Wellen, das große Gefährt, das sich einen Weg durch die Nacht bahnt. Es gab kaum etwas Schöneres. Jetzt aber konnte er nur daran denken, dass Raubtiere an Bord waren, die im Dunkeln um einiges besser sehen konnten als er.
Ben spähte vorsichtig den Treppenschacht hinunter. Er führte in einen schummerigen, holzgetäfelten Gang, der nur von einer Laterne erleuchtet wurde. Es war niemand zu sehen. Von dem Gang gingen mehrere Brettertüren ab und das Heckende lag in gruseliger Dunkelheit.
Leise setzte Ben einen Fuß vor den anderen und schlich die freiliegende Treppe hinunter. Der Gang hatte diese seltsam entrückte Atmosphäre, die unter Deck auf einem Segelschiff typisch war. Er wirkte stabil, aber er bewegte sich mit dem Rest des Schiffes. Er neigte sich in Richtung Steuerbord, als sich das Schiff gegen den Wind stemmte. Der Schiffskörper knarrte und bewegte sich, als er durch die Wellen stampfte. Die Kombüse musste sich etwa sechs Meter zu Bens Linken befinden, sodass es der zweite Eingang sein musste ...
Die Tür war offen! Ben wagte sich nur millimeterweise vor und

blieb wie angewurzelt stehen, als er ein Geräusch hörte. Er konnte es nicht sofort zuordnen. Es war nicht das Geräusch eines Kochs bei der Arbeit – kein Schnippeln, Rühren und Klappern von Töpfen. Es war auch kein Gespräch. Er schlich an der Holzwand entlang und spähte hinein.

Ben biss sich auf die Zunge, um nicht laut nach Luft zu schnappen oder aufzuschreien.

Ein Matrose in einer dreckigen Schürze saß schlaff auf einem Stuhl, den Kopf nach hinten gekippt. Ein Mann beugte sich über den Hals des Matrosen. Der Mann trug ein seltsames Gewand, das Ben für eine Maya-Tracht hielt.

Er erinnerte sich an die Worte seines Vaters: Sie konnten die Gestalt einer Fledermaus annehmen oder in ihrem menschlichen Körper auftreten.

Ben schlich den Korridor hinunter und suchte schnell in den Schatten am vorderen Ende des Gangs Schutz. Fünf Minuten später flog eine Fledermaus aus der Kombüse und zum Heck hinunter. Ben wartete eine ganze Weile, bis sie außer Sicht war, und huschte dann zurück in die Kombüse.

Er versuchte, die toten Augen des Kochs nicht zu beachten, während er sich Essen in die Taschen stopfte und seine Flaschen mit frischem Wasser füllte. Als er fertig war, warf er noch einen letzten Blick auf den toten Mann. Dann wandte er sich traurig ab und eilte zurück zu seinem Versteck.

Aus dem Tagebuch von Benedict Cole
23. Mai 1860

Land's End ist in Sicht, immerhin. Wie viele Matrosen noch leben, weiß ich nicht. Bestattungen gibt es schon lange nicht mehr. Die-

jenigen, die noch übrig sind, werfen die toten Körper jetzt einfach über Bord.
Ich kann England schon sehen, aber es ist noch immer zu weit, um zu schwimmen. Ich würde erfrieren oder ertrinken. Auch die Matrosen wissen das. Es ist der einzige Grund, weshalb sie an Bord bleiben.
Der Wind weht zu stark, um den Kurs wechseln zu können. Wir haben nicht mehr genug Männer, um die Segel zu kontrollieren. So fahren wir geradewegs den Kanal hinauf. Ich habe da so eine Vorahnung, dass der Wind gerade weit genug drehen wird, um uns durch die Straße von Dover zu treiben, um Broadstairs herum und die Themsemündung hinauf.
Meine Vorräte sind wieder aufgebraucht. Seit jenem ersten Ausflug habe ich den Kettenkasten nicht wieder verlassen und nun wage ich es nicht mehr. London ist so nah.
Ich komme nach Hause, Emily.

8

In der Ferne schlug eine Uhr Mitternacht. Ben sah Jack blinzelnd an und entsann sich, dass er wieder in London war. Es hatte lange gedauert, bis Ben seine Geschichte zu Ende erzählt hatte, aber keiner der beiden Jungen hatte gemerkt, wie die Zeit verging. Jack saß einfach nur da und starrte seinen neuen Freund an. Es war eine klare Nacht und der Mondschein tauchte den Innenhof in ein blasses Licht. Bens Gesicht leuchtete in seltsamen Schattierungen von grau und weiß. Der Mond war gewandert und selbst in den Docks wurde es jetzt in der Nacht etwas ruhiger. Eine solch merkwürdige Geschichte hatte Jack noch nie gehört.

„Und nun bin ich also hier“, sagte Ben.

„Immerhin hast du es geschafft“, bemerkte Jack.

„Ja, ich habe es geschafft!“, entgegnete Ben. „Aber als Einziger. Camazotz konnte die Segel nicht alleine kontrollieren. Also ließ er gerade so viele Matrosen am Leben, wie er brauchte, um die Segel einzuholen und das Schiff in die Themsemündung zu steuern.“ Ben schluckte. „Ich hörte die Schreie der letzten Opfer. Die armen Kerle müssen geglaubt haben, dass sie es geschafft hatten. Das Ufer war so nah.“

„Aber die Fledermäuse haben sie erwischt?“, fragte Jack. Er erinnerte sich, wie irgendetwas Grauenvolles den Hafenmeister vom Schiff vertrieben hatte.

„Die Fledermäuse haben sie erwischt“, nickte Ben. „Und nun ist Camazotz hier.“

„Jawoll“, sagte Jack. „Nun is er hier.“ Er blickte auf und sah sich

ehrfürchtig um. Er war in London aufgewachsen. Er hatte geglaubt, die Stadt in- und auswendig zu kennen. Und nun war sie plötzlich so viel interessanter. „Tja, dann sag mir mal, wo dieser ‚Sir Donald' gelebt hat, und wir gehen los und schnappen uns Camazotz. Das ist doch deine Mission, oder nich?"
„Ja." Ben sah Jack zweifelnd an. „Es wäre nur um einiges leichter, wenn Vater mir gesagt hätte, wie ich das machen soll."
„Also, was willst du tun?", wollte Jack wissen.
„Nach Hause gehen", sagte Ben und stand langsam auf. „Ich werde nach Hause gehen, Emily aufsuchen, etwas Anständiges essen – nichts gegen deine liebe Freundin Molly –, ein Bad nehmen und ungefähr hundert Jahre lang in einem warmen, gemütlichen Bett schlafen. Und wenn London immer noch steht, wenn ich mit all dem fertig bin, dann werde ich mir um Camazotz Gedanken machen."
„Wir werden uns Gedanken machen", korrigierte ihn Jack. Er liebte London und dachte nicht daran, tatenlos zuzusehen, wie die Stadt von einem Blut saugenden Maya-Gott eingenommen wurde. „Es ist unser aller Problem."
Ben schenkte ihm ein müdes, aber dankbares Lächeln. „Danke", sagte er. „Kannst du mich jetzt zum Bedford Square führen?"
„Hmm." Jack stützte sein Kinn in die Hand und betrachtete den anderen Jungen nachdenklich. „Also, wie haste dir deine glückliche Heimkehr denn vorgestellt? Willste etwa einfach zur Haustür gehen und klingeln?"
„Was denn sonst?", fragte Ben überrascht.
Jack unterdrückte ein Lachen und führte Ben zu einem verdunkelten Fenster. Das Mondlicht war so hell, dass sich die beiden Jungen darin spiegelten.
Ben blieb vor Schreck die Luft weg, als er sein zerlumptes Spiegelbild erblickte. „Ich seh' ja aus wie ein Bettler!", rief er.

„Du gehörst nicht gerade zu Bloomburys Vornehmsten“, stimmte Jack zu. „Wenn du dort an den Türen klingelst, wirste festgenommen, so sieht's aus. Und eure Haushälterin wird wissen wollen, wo dein Vater ist.“

Ben starrte ihn trotzig an und wandte sich dann wieder seinem Spiegelbild zu. „Ich habe tausende von Seemeilen in der Gesellschaft eines blutrünstigen Dämons zurückgelegt“, sagte er. „Da werde ich mich doch jetzt nicht von so einer Kleinigkeit abhalten lassen. Ich werde schon einen Weg finden, mit Emily zu sprechen und Mrs Mills zu verschweigen, was passiert ist. Jetzt komm schon!“ Und mit diesen Worten schritt er davon.

Jack aber blieb, wo er war.

Ben hielt an und blickte sich um. „Was ist?“, fragte er. „Kommst du nun?“

„Na klar komm ich“, antwortete Jack. „Allerdings geht es hier lang …“

Jack wunderte sich über die neu erwachte Energie seines Freundes. Er führte Ben am Fluss entlang zur neuen London Bridge, von wo aus sie die Themse überquerten und in die Stadt gelangten.

In Londons Straßen, deren Kopfsteinpflaster im Mondlicht glänzte, erwachte schon wieder das Leben. Die Damen und Herren, denen Londons Geld gehörte, mochten noch bis zur Morgendämmerung schlafen, aber die Armeen von Boten und Dienern, die das bequeme Leben dieser reichen Herrschaften ermöglichten, waren schon auf den Beinen. Es war überhaupt nichts Ungewöhnliches daran, dass zwei Jungen in den frühen Morgenstunden durch die Straßen liefen.

Ben sah sich voller Staunen um. Diese Seite des Londoner Lebens war ihm neu. Anfangs hatte er Angst, irgendjemand oder irgendetwas könnte ihn sehen, und hielt sich im Schatten, aber schon bald waren so viele Menschen um ihn herum – Männer und Frauen, die kamen und gingen –, dass er sich sicher genug fühlte, um mitten auf der Straße zu gehen.

Sie liefen durch Cheapside und an St. Paul's vorbei. Die Kathedrale ragte über ihnen in den Himmel und wirkte im Mondlicht ebenso schön wie geisterhaft.

Ben hielt inne und blickte hinauf.

„Alles in Ordnung?", fragte Jack.

„Ich musste nur gerade an die Tempel denken, die ich gesehen habe", antwortete Ben, „wo früher Menschen geopfert wurden. Ich werde mich nie wieder über unsere langweiligen Gottesdienste beschweren."

Ein Pferdefuhrwerk mit Milchkannen klapperte hinter ihnen über das Kopfsteinpflaster. Jack zeigte Ben, wie man sich eine Mitfahrgelegenheit verschaffen konnte. Die beiden Jungen liefen der Kutsche nach, hielten sich hinten fest und schwangen sich hinauf. Der Wagen brachte sie bis nach Holborn, bevor er nach Westen weiterfuhr und sie abspringen mussten. Von dort war es nur noch ein kurzer Weg und sie waren mitten in Bloomsbury.

Sie erreichten Bedford Square bei Sonnenaufgang. Es war nicht gerade die Gegend, in der sich Jack normalerweise länger aufgehalten hätte. Der Platz war umgeben von großen, vornehmen Häusern. In der Mitte befand sich ein Park, gesäumt von Bäumen und umzäunt von schnörkeligen Eisengeländern. Um diese Zeit waren die Anwohner noch nicht auf den Beinen, aber Jack konnte sich die Szene ausmalen, wenn die Boten ihre Lieferungen abgegeben und sich für den Tag zurückgezogen haben würden. Wunderschöne Frauen würden hier lustwandeln und ihre schicken Hauben und langen, bis auf den Boden reichenden Kleider zur Schau tragen. Schnieke Herren mit großen Hüten

und Gehröcken würden sie begleiten. Es war eine ruhige und beschauliche Welt, weit entfernt von Jacks eigenem Leben.
„Hier ist es“, sagte Ben. Sie standen im Schatten eines Baumes. Das Haus der Coles war ein großes, schmales, dreistöckiges Gebäude auf der Nordseite des Platzes. Es hatte weiße Fenster und eine grüne Tür. Die Ziegel waren wie überall in London schwarz von Ruß. Bens Stimme zitterte auf einmal. „Jetzt bin ich so nah.“
Jack betrachtete das Haus. „Also, was machen wir jetzt?“
„Wir warten“, sagte Ben und versteckte sich in den Büschen.
Sie mussten gute zwei Stunden gewartet haben. Jack hörte, wie eine Turmuhr acht Uhr schlug. Endlich ging die Haustür auf und zwei Frauen traten heraus. Die eine war eine stämmige Frau mittleren Alters, die ganz in Schwarz gekleidet war. Ihr Rock war nicht ganz so elegant wie die, die Jack sich vorgestellt hatte, aber er reichte immerhin bis zum Boden. Ihr Gesicht war fest eingerahmt von einer Haube. Die andere, vermutete Jack, war Emily. Das Mädchen war ungefähr so groß wie Ben und Jack erinnerte sich gehört zu haben, dass sie ein Jahr älter war. Sie trug ein hübsches blau-weißes Kleid und hatte langes, kastanienbraunes Haar.
„Wer ist die Alte?“, flüsterte Jack.
„Das ist Mrs Mills“, erklärte Ben.
„Sie sieht aus, als ob sie in eine Zitrone gebissen hätte“, bemerkte Jack.
Ben lächelte. „Sie ist ein guter Kerl. Sie hat seit unserer Geburt auf uns aufgepasst.“
„Wo gehen die beiden denn hin?“, fragte Jack.
„Es ist ihr Morgenspaziergang“, antwortete Ben. „Wenn sie heute machen, was sie immer machen, dann werden sie einfach einmal um den Platz gehen.“
Und es sah ganz so aus, als würden die beiden genau das tun. Die Jungen beobachteten sie von den Büschen aus. Jack kam diese

Beschäftigung ziemlich unsinnig vor. Warum sollte man umherlaufen, wenn man gar nicht irgendwo hingelangen wollte?
„Ich möchte dich um einen Gefallen bitten, Jack“, sagte Ben nach einer Weile.
„Was denn?“
„Schnapp dir die Tasche von Mrs Mills und lauf damit davon.“
„Waaas?“
Ben zuckte unschuldig mit den Schultern. „Sie wird dich verfolgen und ich kann mit Emily sprechen.“
„Und jeder Bulle im West End wird mich ebenfalls verfolgen! Du quatscht mit Emily und ich wander in den Knast von Newgate. Nie im Leben!“
Ben sah verzweifelt aus. „Aber ich muss mit ihr sprechen!“
„Das wirst du auch.“ Jack gab ihm einen freundschaftlichen Klaps. „Aber du hast wohl zu lange mit den Blutsaugern herumgehangen, um noch klar denken zu können. Hat euer Haus ’nen Hintereingang?“

Tatsächlich befand sich die Hintertür in diesem Fall vorne. Eine Steintreppe führte zum Dienstboteneingang hinab. Schnell liefen die Jungen die Stufen hinunter, sodass man sie von der Straße aus nicht mehr sehen konnte.
Nachdenklich betrachtete Jack die schwarze Holztür und das Fenster daneben. Er würde einfach das Glas zerschlagen, hineingreifen und den Riegel öffnen. Er bückte sich, hob einen Stein auf und holte aus.
„He!“ Ben konnte Jack gerade noch davon abhalten, das Fenster einzuschlagen. „Also, wer kann hier wohl nicht mehr klar denken? Glaubst du, Mrs Mills ist die einzige Angestellte hier?“ Er legte einen Finger auf seine Lippen, lehnte sich an die Tür und presste ein Ohr auf das Holz. „Tillet, Evans und die Köchin. Ich glaube,

sie sind alle in der Küche. Trinken wahrscheinlich gerade 'ne Tasse Tee."
„Glaubst du?", fragte Jack.
Ben drehte schon am Türknauf, langsam und vorsichtig. Er drückte und die Tür sprang auf.
„Is ja gar nich abgeschlossen!", flüsterte Jack.
„Nicht, wenn jemand im Haus ist", sagte Ben. „Nun komm schon."
Die Tür führte in einen schmalen, niedrigen Flur. An der Decke verliefen Leitungsrohre und der Boden war mit Steinen gepflastert. Auf der rechten Seite befand sich eine weitere Tür, hinter der Jack Stimmen hören konnte.
Jack und Ben schlichen auf Zehenspitzen an der Tür vorbei und auf eine Treppe zu. Die schmalen Stufen waren aus Holz und mit einem abgewetzten Teppich belegt. Schnell liefen sie die Treppe hoch, und oben öffnete Ben eine Tür zu einer anderen Welt.
Es war die Eingangshalle des Hauses, die Etage, die man betrat, wenn man durch den Haupteingang kam. Hier gab es einen dicken roten Teppich und eine kunstvoll gearbeitete goldene Velourstapete. Von der Decke hing ein Kronleuchter und die Wände waren behängt mit Porträts. Im Hintergrund war das schläfrige Ticken einer alten Standuhr zu hören und zwischen der Dienstbotentür und der Treppe standen zahlreiche hochgewachsene Topfpflanzen, so groß wie Ben. Die Haustür war umrahmt von buntem Glas und die hereinfallenden Sonnenstrahlen ließen die Eingangshalle in prächtigen Blau-, Grün- und Orangetönen aufleuchten.
Jack blieb vor Staunen der Mund offen stehen. In dieser Eingangshalle gab es wahrscheinlich mehr Reichtümer, als er je wieder in seinem Leben sehen würde, und dies war noch nicht einmal ein Raum mit irgendeiner Funktion. Die Leute gingen hier nur hin-

durch, um woanders hinzugelangen. Ben war schon bei der Treppe. „Hier entlang!“, zischte er.
Jack folgte ihm, blieb dann aber noch einmal stehen, als er das Porträt am Fuß der Treppe sah. Es zeigte einen Mann und eine Frau, einen kleinen Jungen, der offensichtlich Ben war, und ein junges Mädchen. Ben hatte dieselben blonden Haare und grauen Augen wie sein Vater. Das Mädchen hatte auch graue Augen, aber das kastanienbraune Haar von ihrer Mutter. Der Mann hatte einen Arm um jedes Kind gelegt und das freundlichste Gesicht, das Jack je gesehen hatte. Es berührte etwas in ihm und er konnte sich nicht von dem Bild losreißen.
Plötzlich waren auf der anderen Seite der Haustür Schatten zu sehen. Er hörte das Klappern des Schlosses und spurtete hinter Ben her. Er nahm immer zwei Stufen auf einmal, und genau in dem Moment, als unten die Haustür aufging, erreichten die Jungen den ersten Stock. Der Flur hier oben ähnelte der Eingangshalle, auch wenn der Teppich golden und cremefarben war. Jack hatte das Gefühl, ihn durch seine bloße Anwesenheit zu beschmutzen. Ben winkte ihn in einen Raum.
„Gehen Sie und ziehen Sie Ihren Mantel aus, Miss Emily“, sagte eine Frauenstimme unter ihnen. Entgegen Jacks erstem Eindruck klang Mrs Mills freundlich – freundlich, aber bestimmt. „Danach wird es Zeit für Ihren Unterricht“, fuhr die Frau fort.
„Ja, Mrs Mills“, antwortete eine Mädchenstimme.
Jack und Ben warteten hinter der Tür, als sie Schritte auf der Treppe hörten. Jack sah sich um und erkannte, dass dies Emilys Zimmer sein musste. Hauchdünne Gardinen hingen vor dem Fenster. In einer Ecke stand ein Himmelbett mit einer gerüschten Tagesdecke. An der Wand befanden sich mehrere Kommoden und direkt gegenüber stand ein großer Kleiderschrank.
Plötzlich zuckte Jack überrascht zusammen, als er glaubte, auf der

anderen Seite des Zimmers zwei andere Jungen kauern zu sehen. Dann wurde ihm klar, dass es nur sie selbst waren, die sich in dem Spiegel an der Tür des Kleiderschranks spiegelten.
Die Schritte kamen näher und die Tür öffnete sich. Emily trat ins Zimmer und knöpfte ihren Mantel auf. Plötzlich hielt sie inne, als auch sie die Spiegelbilder sah. Sie öffnete ihren Mund, um zu schreien.
Jack hatte schon die Tür zugestoßen. Nun sprang er vor, packte Emily und hielt ihr den Mund zu. Sie schrie, aber Jacks Hand dämpfte jeden Laut und niemand außerhalb des Zimmers konnte etwas hören. Sie krümmte und wand sich und rammte dann ihren Absatz in seinen Fuß. Er jaulte auf, aber biss die Zähne zusammen und hielt Emily weiter fest.
„Emmy! Emmy! Ich bin es doch!" Ben war vor sie gesprungen. Er flüsterte so laut er es wagen konnte. „Ich bin es! Ben!"
Emily hörte auf sich zu winden und starrte ihn mit weit aufgerissenen Augen über Jacks Hand hinweg an.
Jack ließ sie vorsichtig los, bereit, sich wieder auf sie zu stürzen, wenn sie einen Laut von sich geben würde. Doch darum hätte er sich keine Gedanken machen müssen.
„Ben? Ben!" Emily fiel Ben um den Hals und die beiden umarmten sich fest. „Aber du müsstest doch noch in Mexiko sein! Und du stinkst!" Plötzlich drehte sie sich um und starrte Jack an. „Und wer bist du?"
„Der beste Freund, den dein Bruder hat", sagte Jack einfach.
„Wir werden dir alles erklären, Emmy, das versprech' ich dir", sagte Ben. Er warf Jack einen Blick zu und dieser zog sich taktvoll in die andere Ecke des Zimmers zurück. Ben legte einen Arm um seine Schwester und führte sie zum Fenster.
Jack beobachtete die beiden und war überrascht, dass ihm ihre Vertrautheit einen Stich gab und Eifersucht in ihm weckte. Er

wusste, was Ben Emily mitteilen würde, und er beneidete seinen Freund nicht. Er dachte an das Gemälde – das Familienporträt, in dessen Mittelpunkt der Vater, Harrison Cole, stand. Emily musste nun erfahren, dass diese Familie gerade ihren Mittelpunkt verloren hatte.

Zum ersten Mal erlebte Jack eine Familie aus der Nähe. Emily und Ben waren zwei unterschiedliche Menschen, aber sie hatten so viele Gemeinsamkeiten. Ihre Erziehung, ihre gemeinsame Kindheit bedeuteten, dass sie sich über Dinge austauschen konnten, die er nie mit irgendjemandem hatte teilen können. Er hatte seine Unabhängigkeit immer zu schätzen gewusst. Zum ersten Mal in seinem Leben fragte er sich nun, ob er damit nicht doch den Kürzeren gezogen hatte.

Ben senkte den Kopf und sprach leise mit seiner Schwester. Einen Moment später stockte Emily vor Schreck der Atem. Dann warf sie Ben die Arme um den Hals und begann zu schluchzen. Ben tröstete sie und schluchzte nicht, auch wenn ihm die Tränen übers Gesicht liefen.

Jack biss sich auf die Lippen und wandte sich ab.

9

Während er dem Buchhändler eine Pfundnote reichte, dachte Jack darüber nach, welche seltsame Wende sein Leben während der letzten Woche genommen hatte. So einen Geldschein bekam er selten zu Gesicht, und meistens war es umgekehrt und andere Leute gaben ihm Geld, wenn auch ohne ihr Wissen. Aber vor fünf Nächten hatte er Ben Cole getroffen, und nun sah es so aus, als läge sein altes Leben hinter ihm.

Anfangs hatte er versucht, wieder zu gehen, aber Ben und Emily hatten ihn beide gebeten zu bleiben – und das hatte er dann auch getan. Im Stillen hatte er bezweifelt, irgendeinen Beitrag leisten zu können, und nicht damit gerechnet, dass ihre Freundschaft Bestand haben würde. Aber er wurde fast sofort gebraucht. Er war der dritte Kopf, die Stimme der praktischen Vernunft, wenn es darum ging, Pläne zur Bekämpfung von Camazotz zu schmieden. Schließlich war Ben noch schwach und musste sich erst von seinen Strapazen erholen. Jemand Gesundes und Kräftiges wurde gebraucht, um rauszugehen, Botengänge zu übernehmen und Material zu besorgen. Jack hatte sogleich einen festen Platz im Team. Im Gegenzug verschafften Ben und Emily ihm etwas zu essen und nachts schlief er doch tatsächlich unter einer Bettdecke. Die Decke lag zwar nur auf dem Sofa in Bens Schlafzimmer, aber es war eine richtige Bettdecke.

Jacks Existenz musste vor Mrs Mills, der Köchin und den zwei Dienstmädchen Evans und Tillet geheim gehalten werden, aber wie Jack vermutete, war das ein Abenteuer, an dem Ben mehr

Freude hatte, als er zugab. Im Gegensatz zu seinem letzten Abenteuer würde ja selbst im schlimmsten Fall niemand zu Tode kommen.
Nun nahm der Buchhändler das Geld, aber er musterte Jack misstrauisch. Es war ein vornehmer Laden in einer Seitengasse der St. Martin's Lane, der normalerweise nicht auf Kundschaft wie Jack eingestellt war.
„Ich hol' dein Wechselgeld", sagte der Mann und verschwand hinten im Laden. Jack betrachtete das Titelbild des Buches, das er gerade gekauft hatte, und verzog das Gesicht. Auf den Einband war eine goldene Fratze mit funkelnden Augen graviert, die ihre langen eckigen Zähne fletschte. Jack konnte nicht lesen, aber Emily hatte ihm den Titel genannt, als sie ihn für den Buchhändler aufschrieb. Theorie und Praxis des Maya-Kalenders. Er hoffte, sie würde etwas damit anfangen können.
Gelangweilt sah er sich um. Der Laden war in schummriges Licht getaucht und die Regale an den Wänden waren gefüllt mit Büchern, die die Luft schwer und muffig machten. Alles hier drinnen war ruhig und ordentlich – zwei Dinge, die Jack nicht gewöhnt war. Da wirkte das mittägliche Gedränge draußen auf der Straße doch sehr viel einladender. Durch das Fenster ließ er einen geübten Blick über die Menge schweifen.
Jack war keineswegs ein unverbesserlicher Dieb. Er hatte hin und wieder etwas geklaut, um zu überleben. Nun war er froh, durch die Freundschaft mit Emily und Ben nicht mehr stehlen zu müssen. Aber der Mensch ist bekanntlich ein Gewohnheitstier. Ein Blick auf das Meer der Gesichter und Jack hatte die aussichtsreichsten Kandidaten ausgemacht.
Dann runzelte er die Stirn, da ihm ein Gesicht ganz besonders aufgefallen war. Es war ein Mann mittleren Alters, blass, müde und abgespannt. Er stolperte beim Gehen. Jack beugte sich vor,

um besser aus dem Fenster sehen und den Mann näher betrachten zu können.
„Ach, da bist du." Der Buchhändler kam mit einem Haufen Münzen zurück und reichte sie Jack.
Jack warf einen flüchtigen Blick auf die Münzen – er konnte nicht lesen, aber er konnte sehr schnell zählen – und sah auf. „Drei Schillinge zu wenig", sagte er.
Der Buchhändler grinste spöttisch. „Und du glaubst, sie werden dir glauben, dass du die Münzen nicht selbst eingesteckt hast?"
„Ja", sagte Jack ruhig und vollkommen bestimmt. „Das werden sie." Er hielt dem Blick des Verkäufers stand ohne zu blinzeln, bis der Mann endlich rot wurde und wegsah.
„Ich ... ich bin normalerweise nicht fürs Wechselgeld zuständig", sagte er. Er kramte in seiner Tasche und holte die fehlenden drei Schillinge hervor. „Normalerweise macht das mein Gehilfe, aber der ist heute nicht da. Ist einfach nicht aufgetaucht. Er war schon seit ein paar Tagen so müde – muss sich etwas eingefangen haben ... nun, was ist los?"
Jack starrte ihn an. „Nichts", sagte er. „Danke für das Wechselgeld, werter Herr."
„Mach dass du hier rauskommst", sagte der Mann patzig. Jack drehte sich um und ging.
Draußen stellte er sich auf die Zehenspitzen und blickte sich nach dem blassen Mann um. Er war nicht schwer zu finden, da er noch nicht weit gekommen war. Jack war neugierig geworden und heftete sich ihm an die Fersen. Der Mann stolperte erneut, als seine Beine wegknickten, aber irgendwie fand er die Kraft, sich wieder aufzurichten. Eine Minute später stieß er dann aber mit jemandem zusammen und sank leblos zu Boden. Aus der Menge waren erschrockene Ausrufe zu hören, und als Jack den Mann erreicht hatte, war er bereits umringt von einer Gruppe Männer

und Frauen, die alle einen Sicherheitsabstand hielten. Das tragische Geschehen zog sie an, aber einer Leiche wollten sie nicht zu nahe kommen.

Das Gesicht des Mannes war kreidebleich und seine toten Augen starrten in den Himmel.

„Platz da! Der kriegt ja gar keine Luft mehr!" Ein Polizist hatte eingegriffen und scheuchte die Menge der Schaulustigen zur Seite. Aus alter Gewohnheit hielt Jack Abstand zu dem Schutzmann.

„Das ist jetzt auch schon egal, Kamerad", sagte jemand. „Der macht's nicht mehr."

„In Soho grassiert die Cholera", sagte ein anderer.

„Nee, das is nich Cholera. Bei Cholera tropfste aus jedem Loch", sagte ein weiterer schadenfroh. „Dieser Mann tropft nich. Der hat keenen Tropfen mehr übrig."

„... muss wohl die Pest sein ..."

„Nee, da quillt man doch auf ..."

„... in Whitechapel auch, die Leute werden bleich wie Geister ..."

„... und in Westminster ..."

„... in St. Giles ..."

„Verdammt", murmelte Jack und eilte zurück zum Bedford Square.

10

Jack näherte sich dem Haus der Coles von hinten. Er klopfte nicht an der Haustür, denn dann würde ihm womöglich Mrs Mills öffnen.

Nach einigem Zögern hatte die Haushälterin die Geschichte geglaubt, die Ben ihr auf Emilys Vorschlag hin aufgetischt hatte: Harrison Cole und Edwin Sherwood waren noch in Mexiko, während Ben alleine nach England zurückgekehrt war. Warum sollte Ben sie auch belügen? Die Ankunft eines Geisterschiffes im Londoner Hafen war in den letzten Tagen in aller Munde gewesen, aber Mrs Mills hatte das nicht mit Bens Heimkehr in Verbindung gebracht, wieso sollte sie auch? Der Londoner Hafen war der geschäftigste der Welt und ständig kamen Schiffe an und fuhren wieder ab. Jedes von ihnen hätte Bens Schiff sein können. Sogar Bens Erklärung, er habe den Brief verloren, in dem Harrison alles erklärt habe, hatte die Haushälterin geschluckt. Aber ein Straßenkind wie Jack würde sie nicht ins Haus lassen. So weit reichte selbst Bens Einfluss nicht.

Also kletterte er die Regenrinne hoch und pochte an Bens Fenster. Einen Augenblick später tauchte Ben auf und half Jack hinein.

„Einfach so umgekippt?", fragte Ben später. Die drei waren in Harrisons Arbeitszimmer. Wie der Rest des Hauses war dieser Raum ruhig, friedlich und makellos. An den Wänden reihten sich hunderte von Büchern mit Ledereinband aneinander. Jack fühlte sich an die Buchhandlung erinnert, nur dass Harrisons Zimmer sauberer war und einen dicken roten Teppich und wunderschön polierte Möbel hatte. Emily saß an Harrisons Schreibtisch und blätterte durch das Buch, das Jack gekauft hatte. Um sie herum lagen fünf oder sechs weitere Bücher aus der kleinen Bibliothek ihres Vaters. Ben und Jack saßen in einer anderen Ecke des Zimmers, während sie arbeitete.

„In einem Augenblick torkelte er noch umher, im nächsten war er tot", sagte Jack. „Und er ist nich der Erste. Überall kann man ähnliche Geschichten hören. Sogar den Burschen aus der Buchhandlung hat's erwischt."

Ben machte ein finsteres Gesicht und hielt die Tagesausgabe der Times hoch. „Und überall werden Veranstaltungen ohne Angaben von Gründen abgeblasen. Es ist, als wäre die Pest in der Stadt, bloß dass es keine Pest ist. Niemand will es sich eingestehen, denn dann würde man ja erklären müssen, warum so viele der Leichen kein Blut mehr im Körper haben. Und da ist noch etwas. Hört euch das an." Er hob die Stimme. „Emmy? Emmy!"

Emily war ganz in ihre Studien versunken. Mit einem Finger verfolgte sie den Text in dem Buch, das Jack gekauft hatte, mit dem anderen blätterte sie durch ein Buch, das sie aus dem Regal hinter sich genommen hatte. Sie sah auf.

„Hört mal zu", sagte Ben noch einmal. Er schlug die Zeitung auf und las einen Absatz von der dritten Seite vor. ‚In der Nähe von Waterloo wurde gestern der tote Körper eines unbekannten Mannes gefunden, der in der Themse trieb ...'

„Das is noch nix besonderes", bemerkte Jack.

Ben warf ihm einen genervten Blick zu und beugte sich wieder über die Zeitung. „Es heißt, das Herz des Mannes sei entfernt worden, bevor er ins Wasser geworfen wurde." Er faltete die Zeitung wieder zusammen und sah seine beiden Freunde stirnrunzelnd an. „Kommt euch das bekannt vor?", fragte er.

„Ich werd' nich mehr!", sagte Jack. „Wenn irgendein Schlägertyp jemanden um die Ecke bringen will, gibt er ihm einen auf'n Kopf und wirft ihn in den Fluss. Aber er schneidet ihm doch nicht das Herz raus ..."
Emily und Ben sahen ihn beide seltsam an.
„Was Ben sagen wollte, ist, dass die Mayas genau auf diese Weise Menschen geopfert haben, Jack", sagte Emily geduldig und Jack kam sich furchtbar dumm vor.
„Oh", sagte er. „Ihr, ehm, meint also, dass Camazotz dahintersteckt?"
„Na ja, soviel ich weiß, ist so etwas noch nie passiert", sagte Ben nur. Er wandte sich an seine Schwester. „Wie kommst du voran, Emmy?"
Emily seufzte und blätterte durch ihre Notizen. „Nun ja, ich habe eine ganze Menge über Camazotz herausgefunden", sagte sie, „aber laut diesem Buch scheint er vor etwa tausend Jahren verschwunden zu sein, wenn ich den Maya-Kalender richtig verstanden habe. Seitdem hat niemand mehr von ihm gehört. Was ich nicht weiß, ist, warum er verschwunden ist. Was hat er während der letzten tausend Jahre gemacht?"
„In 'ner Höhle gehaust?", schlug Jack vor.
„Ein ganzes Jahrtausend lang?", fragte Ben. „Er hätte doch schon früher herauskommen können, wenn er Opfer gewollt hätte. Schließlich gibt es auch in Mexiko eine Menge Menschen. Oder er hätte Richtung Norden in die Vereinigten Staaten ziehen können. Was hielt ihn tausend Jahre lang in einer Höhle?"
„Es ist gut möglich, dass ihm Mexiko heute zu klein ist", sagte Emily. „Früher herrschten die Mayas über ein mächtiges Weltreich. Jetzt, da dieses Reich zugrunde gegangen ist, will Camazotz vielleicht weiterziehen."
„Ich verstehe", murmelte Ben.

„Ich nich“, sagte Jack.
„Welches ist die größte Stadt der Welt?“, fragte ihn Ben.
„London!“, antwortete Jack voller Stolz. Und dann plötzlich verstand er es. „Oh!“
„Er ist zum Herzstück des Reiches vorgestoßen“, fuhr Emily fort. „Er will London einnehmen. Dann kann er den Rest des Landes erobern. Dann kann er Indien und Afrika erobern ...“
„Das erklärt aber immer noch nich, warum er tausend Jahre gebraucht hat, um sich dazu aufzuraffen“, bemerkte Jack.
„Nein, das tut es nicht“, stimmte Ben zu, „aber darüber können wir uns später den Kopf zerbrechen. Tatsache ist, dass unser Reich im Augenblick größer ist, als er sich das in Yucatan je erträumt hätte. Wenn er die Macht ergreift, kann er uns alle zu Vampiren machen.“ Er blickte nachdenklich zu Boden und sah dann seine Freunde an. „Emmy“, sagte er, „du durchforstest nun schon seit Tagen diese Bücher. Hast du irgendwas, wenigstens den kleinsten Hinweis darauf gefunden, wie wir ihn bekämpfen könnten?“
Emily zögerte und schüttelte dann den Kopf. „Nein“, antwortete sie leise.
Ben biss sich auf die Lippe. „Ich wollte es nicht tun“, sagte er. „aber wir sind am Ende mit unserem Latein. Wir müssen mit jemandem sprechen.“
Jack brach in Gelächter aus. „Mit wem willst du denn sprechen? Willst du an die Times schreiben? Tut mir Leid, Ben, aber niemand wird dir glauben.“ Der Ausdruck in Bens grauen Augen zeigte ihm, dass er den Freund verletzt hatte, und er bereute sogleich, gelacht zu haben.
„Ich weiß“, sagte Ben. „Ich kann es versuchen und vielleicht wird uns niemand glauben. Aber wenn ich's nicht versuche, weiß ich, dass uns keiner glauben wird. Wir gehen zur Polizei.“ Plötzlich grinste er und gab Jack einen freundschaftlichen Knuff. „Aber

guck mal. Wir haben eine Überraschung für dich."
Emily versicherte sich, dass die Luft rein war, und dann bugsierten die beiden Jack nach oben in Bens Zimmer. Jack blieb wie angewurzelt stehen, als er mehrere Anzuggarnituren auf Bens Bett liegen sah.
„Mrs Mills dachte, mein Anzug müsste geändert werden, weil ich doch so dünn geworden bin. Ich hab sie gebeten, gleich all meine Sachen ändern zu lassen", erklärte Ben. Wir sind doch ungefähr gleich groß. Sie müssten dir jetzt passen."
Jack klappte der Unterkiefer runter. Er betrachtete die lächelnden Gesichter seiner Freunde, die sich so bemühten, ihm eine Freude zu machen. Auf einmal wusste er gar nicht mehr, was er sagen sollte. Zwei Gedanken waren ihm sogleich durch den Kopf geschossen. Der eine war, dass, wenn er ehrlich war, seine eigenen Klamotten viel bequemer aussahen. Der andere Gedanke aber war, wie schön es doch war, Freunde zu haben.
Er sah Ben und Emily noch einmal an und bemerkte, dass ihr Lächeln verblasste. Sie konnten sehen, dass ihn etwas bedrückte. Vielleicht dachten sie, er wäre zu stolz, um Almosen anzunehmen. Aber Jack wusste, dass die beiden dies nicht aus Mitleid taten. Sie taten es aus Freundschaft, weil sie wollten, dass er an ihrer Welt teilhatte. Also lächelte er zurück. „Danke, Ben. Vielleicht solltest du mir zeigen, wie man solche Klamotten trägt, und dann können wir zusammen zu den Bullen gehen."

Letzten Endes begleitete Jack sie doch nur bis zur Tür der Bow Street Polizeiwache. Er hatte ein reines Gewissen, aber irgendwie war ihm in der Nähe der Gesetzeshüter immer etwas mulmig zu Mute.
Er lehnte an einer Hauswand auf der gegenüberliegenden Straßenseite und hatte die Hände in den Taschen vergraben. Es war

fast Mittagszeit und auf den Straßen war viel Betrieb. Droschken fuhren klappernd die Straße hinunter, Männer und Frauen eilten vorbei und machten ihre täglichen Besorgungen. Jack fragte sich, wie viele von ihnen in einer Woche wohl noch am Leben sein würden. Er schauderte. Es war ein beängstigender Gedanke. Was hatte Ben gesagt? ‚Es ist, als wäre die Pest in der Stadt.' Und es war wie eine Pest. Etwas Lautloses, Unsichtbares und Todbringendes hatte von London Besitz ergriffen. Wie viele Menschenleben hatte Camazotz schon gefordert?

Ein Zeitungsjunge stand an der Straßenecke und verkündete die Nachrichten des Tages. Jack hatte noch nie in seinem Leben eine Zeitung gelesen und beachtete den Jungen nicht weiter. Dann aber sah er doch noch einmal zu ihm hinüber, da etwas seine Aufmerksamkeit geweckt hatte. Er hörte genauer hin.

„Tagesanzeiger!", rief der Junge. „Einbruch im Britischen Museum! Unbezahlbares Maya-Kunstwerk gestohlen! Informieren Sie sich! Tagesanzeiger!"

Jack schlenderte langsam hinüber zur Straßenecke und langte in seine Hosentasche. „Wie viel?" fragte er.

„Für Sie 'nen Penny, gnädiger Herr", sagte der Junge fröhlich. Er holte tief Luft und sein gebrülltes „Tagesanzeiger!" ließ Jack einen Schritt zurückweichen.

Jack fand einen Penny in seiner Tasche und betrachtete ihn nachdenklich. Heute morgen hatte er bereits ein Pfund ausgegeben, ausgerechnet für ein Buch, aber das Geld hatte jemand anderem gehört. Den Penny hatte er als Belohnung bekommen, als er auf der Straße das Taschentuch einer Dame aufhob und ihr zurückgab. Der Penny gehörte ihm. Normalerweise hätte er ihn für Essen ausgegeben – dafür waren Pennys schließlich da. Aber er wusste, Ben und Emily würden diese Zeitung lesen wollen.

Also reichte er dem Zeitungsjungen den Penny und kehrte mit

einer Ausgabe des Tagesanzeigers unterm Arm zu seinem Platz an der Hauswand zurück. Er war gerade dort angelangt, als Emily und Ben aus der Polizeiwache kamen.
Er sah sofort, dass die Sache nicht gut gelaufen war. Ben war blass und biss die Zähne aufeinander. Emily war ganz rot im Gesicht und sichtlich aufgebracht. Jack ließ die beiden zuerst zu Wort kommen.
„Die ... die ...“, stammelte Emily.
„Die haben uns nicht geglaubt“, sagte Ben tonlos. „Sie haben nur gelacht.“
„Und sie haben gesagt ...“, fuhr Emily fort.
„Sie haben gesagt, wir sollten zurück zu unserer Mama gehen!“, rief Ben. Nach außen hin war er beherrscht, aber Jack konnte sehen, dass er innerlich kochte.
„Sie haben uns wie kleine Kinder behandelt ...“, sagte Emily.
„Wie Lügner!“, fügte Ben hinzu.
Jack zuckte zusammen. Er hatte schon vor langer Zeit gelernt, dass mit dem Satz ‚Das hab' ich dir ja gleich gesagt‘ nie jemandem geholfen war.
„Was machen wir jetzt?“, fragte Emily. „Wer wird uns glauben?“
„Hm“, sagte Jack. Er wedelte mit der Zeitung. „Weiß' nich, ob das uns weiterbringt ...“
Ben nahm die Zeitung und schlug sie neugierig auf. Er überflog die Schlagzeilen und las sie laut vor. „‚Premierminister‘ ... nein ... ‚Schiffsuntergang bei‘ ... nein ...“ Plötzlich weiteten sich seine Augen. „Hör dir das an, Emmy. ‚Einbruch ins Britische Museum. Unbezahlbares Maya-Kunstwerk gestohlen‘. Also, hier steht Folgendes: ‚Die Polizei steht nach dem Diebstahl im Britischen Museum gestern Nacht vor einem Rätsel. Alles deutet auf einen gewaltsamen Einbruch hin. Dennoch gingen die Museumsangestellten nicht gleich von einem Diebstahl aus, da zunächst noch

alles an seinem Platz zu sein schien. Erst als der Kurator für südamerikanische Kunst, Professor Alfred Adensnap, am nächsten Vormittag ins Museum kam, wurde der Diebstahl bemerkt. Der fehlende Kunstgegenstand war eine kleine goldene Fledermausstatue, die der Entdecker Edwin Sherwood aus Mexiko mitgebracht hatte.'"

Emily schnappte nach Luft. „Onkel Edwins Statue!"

Ben las weiter. „‚Im Museum ereignete sich unterdessen ein weiterer Vorfall, der anscheinend nicht mit dem Diebstahl im Zusammenhang steht. Die geheimnisvolle Krankheit, die seit kurzem in der Hauptstadt grassiert, erreichte ihren bisherigen Höhepunkt, als ein Museumswärter in einem Zustand beträchtlicher Ischämie tot auf seinem Posten aufgefunden wurde.'"

„Ischä-was?", fragte Jack.

„Das bedeutet Blutleere", erklärte Ben. Langsam faltete er die Zeitung zusammen. „Nicht im Zusammenhang stehend, so ein Quatsch! Camazotz war hinter der Statue her." Ein weiterer Gedanke schoss ihm durch den Kopf. „Und ich erinnere mich, dass er Onkel Edwin darüber ausgefragt hat. Er wollte wahrscheinlich herausfinden, wo er die Statue finden könnte."

Jack runzelte die Stirn. „Wozu braucht er sie denn?", erkundigte er sich.

„Das weiß ich nicht", antwortete Ben aufrichtig. „Vielleicht hätte uns Onkel Edwin das sagen können."

„Und vielleicht kann dieser Professor Adensnap das immer noch?", schlug Jack vor.

Ben zwinkerte, dann grinste er und knuffte Jack in den Arm. „Emmy, Jack", sagte er. „Ich glaube, wir sollten Professor Adensnap einen Besuch abstatten."

11

Auch wenn sie beide keinen Hunger hatten, schlug Emily vor, dass sie und Ben zum Mittagessen nach Hause gehen sollten, damit Mrs Mills keinen Verdacht schöpfte. Jack, der immer hungrig war – und wusste, dass seine Freunde ihm etwas zu essen nach draußen schmuggeln würden –, hielt das für eine glänzende Idee. Also machten sich die drei auf den Weg zurück zum Bedford Square.

Wie immer bestand Mrs Mills auf einer Stunde Mittagsruhe nach dem Essen. Aber gegen drei Uhr waren sie bereit, wieder aufzubrechen. Nach nur ein paar Minuten Fußweg standen sie schon vor dem Britischen Museum.

Mit großen Augen bestaunte Jack das riesige Gebäude. „Das is kein Museum, das is ein Palast!," stellte er fest.

Die Vorderseite des dreistöckigen Museums war eine gewaltige Fassade, die von wuchtigen Säulen gestützt wurde. Eine breite Treppe führte hinauf zum Haupteingang.

Emily und Ben grinsten sich an und Ben klopfte Jack auf den Rücken. „Die einzigen Königinnen und Könige, die du hier antreffen wirst, sind lange tot", sagte er. „Und an den Prunk gewöhnt man sich. Nun komm schon."

Ben und Emily gingen die Treppe hinauf, als würden sie hier wohnen. Sie waren schon oft im Museum gewesen, meistens mit ihrem Vater. Der Portier erkannte sie und tippte sich an die Hutkrempe, als sie vorbeigingen. „Guten Tag, Master Cole, Miss Cole", sagte er.

Drinnen wirkte das Museum ebenso prachtvoll. Jack sah sich voller Ehrfurcht um. Die Decke schien einen Kilometer über ihm zu sein. Die Schritte und gedämpften Stimmen der Besucher hallten in den ausgedehnten Steinkorridoren und Treppenhäusern wider. An diesem Ort musste man einfach leise sein. Lärm war hier schlicht undenkbar.

Ben führte die anderen eine breite Steintreppe hinauf und eine Galerie entlang. Durch einen Nebeneingang gelangten sie in einen Korridor fern des üblichen Besucheransturms. Ben musste nach dem Weg fragen, aber schließlich erreichten sie das Büro von Professor Adensnap.

„Herein!“, rief eine zittrige Stimme auf ihr Klopfen hin. Ben öffnete die Tür und die drei Kinder traten nacheinander ins Zimmer.

Professor Adensnap saß an seinem Schreibtisch, den Federkiel in der Hand. Er hatte einen Kranz schneeweißer Haare auf dem ansonsten kahlen Kopf und eine Brille auf der Nasenspitze. Sie rutschte hinunter, als er aufsah, um seine Besucher zu betrachten. Sofort setzte er sie wieder auf, aber die Freunde stellten bald fest, dass die Brille des Professors alle paar Minuten hinunterrutschte – und dass er ohnehin selten durch die Gläser sah.

„Ah!“, sagte er, als er seine drei Besucher erblickte. Er hatte eine trockene, rauchige Stimme, die leicht zitterte. „Ich dachte schon, es wäre wieder die Polizei. Noch mehr lästige Fragen. Aber nein. Was für eine schöne Abwechslung. Ihr habt eure Eltern verloren, nicht wahr? Ich sag jemandem Bescheid ...“

Ben musste ihn unterbrechen. „Wir sind gekommen, um Sie zu sehen, Professor Adensnap“, sagte er.

„Um mich zu sehen? Du meine Güte! Ich fühle mich gerührt. Geehrt. Privilegiert. Ja, ich bin hocherfreut! Der junge Geist ist so wichtig. So wichtig. Man muss sich früh um ihn bemühen.

Kommt herein, kommt herein. Setzt euch doch, ehm, einfach irgendwo hin."

Das Büro war voll gestellt mit Bücherregalen und Schränken. Nur durch ein schmutziges Fenster zum Museumshof fiel etwas trübes gelbliches Licht. Unzählige Bücher, viel Papier und eine dicke Staubschicht nahmen jede Fläche des Zimmers ein. Hinter der Tür hing schief eine Karte von Südamerika.

Professor Adensnap kam hinter seinem Schreibtisch hervor und fegte einen Stapel Manuskripte von einem Sofa in der Ecke. Es war gerade groß genug für die drei Freunde, wenn sie etwas zusammenrückten. Jack und Ben saßen an den Seiten und Emily quetschte sich etwas unbequem zwischen die beiden.

„Ich bin es nicht gewohnt, junge Leute zu bewirten", sagte Adensnap entschuldigend. „Wenn ihr etwas älter wärt, würd' ich euch einen Sherry anbieten. Etwas Tee würd' ich vielleicht noch hinkriegen ..."

Ben übernahm wieder die Führung. Er beugte sich vor und stützte die Ellbogen auf die Knie. „Professor, mein Name ist Benedict Cole. Dies ist meine Schwester Emily und ..."

„Cole? Cole?" Adensnaps Augen begannen zu leuchten. „Seid ihr irgendwie mit Harrison Cole verwandt? Mit dem von Cole und Sherwood?"

„Er ..." Ben brach ab und tauschte einen Blick mit Emily.

Jack sprang ein. „Er ist der Vater der beiden, Professor", sagte er.

„Die Kinder von Harrison Cole? Du meine Güte! Wie wunderbar. Ein sehr schlauer Kerl, euer Vater. Hat viel wertvolle Arbeit geleistet. Hab' gehört, er war unterwegs in Mexiko."

„Er ist immer noch dort", fügte Jack hinzu, bevor wieder eine peinliche Stille eintreten konnte.

„Fabelhaft, fabelhaft", sagte Adensnap. „Nun, ihr Kinder von Harrison Cole, was kann ich denn für euch tun?"

„Wir haben in der Zeitung von dem Diebstahl der Statue gelesen, Professor", erzählte Emily ihm. „Es tat uns sehr Leid, davon zu hören. Edwin Sherwood ist unser Patenonkel."

Adensnaps Gesicht verfinsterte sich. „Ja, in der Tat. Mir tut es mehr als Leid. Seht euch das an." Er ging auf die andere Seite des Büros und schob einen Bücherstapel beiseite. An der Wand stand ein kleiner Metallsafe, dessen Tür nur noch an einem Scharnier hing. „Seht ihr das? Hat 'ne Menge Geld gekostet das Ding. Garantiert sicher, haben sie gesagt. Und dann kommt so ein Typ einfach von der Straße hereinspaziert und öffnet den Safe, als wäre er aus Blech. Seht ihr diese Schrammen hier? Wenn ich es nicht besser wüsste, würde ich sagen, der Kerl hat das Ding mit bloßen Händen aufgerissen."

„Wir interessieren uns sehr für die Statue, Sir", sagte Ben. „Wäre es wohl möglich, uns etwas darüber zu erzählen?"

„Euch was erzählen? Was erzählen?" Adensnaps gute Laune kehrte sofort zurück. „Gerne doch! Die Leute interessieren sich nicht genug für die vorkolumbianische Kultur, wisst ihr. Nicht früh genug. Alles dreht sich immer um die Griechen und Römer. Ich nehme an, das kommt euch in der Schule schon zu den Ohren raus. Aber die Burschen in Südamerika waren nicht dumm, wisst ihr. Überhaupt nicht dumm. Grausame Religion, unglaublich blutrünstig. Einen solchen Kerl möchte man nicht gerade zum Schwiegersohn haben. Aber nicht dumm."

„Und die Statue, Sir?", versuchte ihn Ben vorsichtig wieder auf das Wesentliche zu lenken.

„Ach ja, die Statue. Ein großer Verlust. Der einzige Trost ist, dass es dem Kerl unmöglich sein wird, sie zu verkaufen. Ist ein Einzelstück, wisst ihr. Es sei denn, man glaubt Sherwoods Theorie, dass sie von demselben Künstler hergestellt wurde wie Dampierres Exemplar ..."

Es gab nur eine Methode, Adensnap zuzuhören. Man musste ihn schwafeln lassen und irgendwann würde er dann schon zum Punkt kommen.
Er wühlte weiter in seinen Sachen und fand eine schwarze Tintenzeichnung der Fledermausstatue, die er den Kindern zeigte. Die Fledermaus hatte die Flügel ausgebreitet, als würde sie jemanden umarmen wollen. Oder zum Sprung ansetzen.
„Und euer Patenonkel hat sie von seiner Reise mitgebracht", sagte er. „Viel ist über die Statue nicht bekannt, weil wir so wenig von der Maya-Sprache wissen. Euer eigener Vater hat auf diesem Gebiet Großes geleistet, wisst ihr."
„Aber dass die Statue etwas mit Camazotz zu tun hatte, ist sicher?", fragte Emily.
„Hä? Camazotz? Oh, ja, ja. Keine Frage. Camazotz. Der Widerlichste in einer widerlichen Götterbande. Ha!"
„Wofür wurde die Statue denn nun verwendet?", erkundigte sich Jack. „Zur Dekoration?"
Adensnap schien erfreut über seine Neugier. „Gute Frage, junger Mann", sagte er. „Gute Frage. Die Mayas liebten Symbole. ‚Wie im Himmel, so auf Erden', und so weiter. Wahrscheinlich erfüllte die Statue einen symbolischen Zweck. Mach damit was auf der Erde, und du erreichst denselben Effekt im Jenseits", erklärte der Professor. „Wir wissen nicht, wofür die Statue verwendet wurde, aber wahrscheinlich trug sie dazu bei, Camazotz' Macht zu stärken."
Diesmal entstand eine sehr viel längere Pause, denn diese Nachricht mussten die Freunde erst einmal verdauen. Adensnap lehnte sich in seinem Sessel zurück und musterte sie mit gescheit blitzenden Augen. Er sah immer noch alt aus, aber auf einmal klang er nicht mehr halb so trottelig und konfus. „Nun", sagte er, „warum interessiert euch das alles so?"

Jack, Ben und Emily sahen sich an. Die Erinnerung an das Erlebnis auf der Polizeiwache war noch frisch und Emily und Ben wollten sich nicht zum zweiten Mal an diesem Tag zum Narren machen.
Also ergriff Jack das Wort. „Wir glauben, dass Camazotz heute hier in London ist“, sagte er. „Wir glauben, dass er es war, der die Statue geklaut hat. Wir wissen, dass da draußen Menschen sterben, und wir glauben, dass er dafür verantwortlich ist. Mein Freund hier hat ihn in Mexiko erlebt, und nun ist er in London.“
Adensnap runzelte die Stirn. „Es ist tausend Jahre her, seit wir das letzte Mal von Camazotz gehört haben“, sagte er ruhig. „Ich kann mir kaum vorstellen, dass dein Freund ihn kürzlich getroffen hat.“ Sein Tonfall verriet nicht, ob ihn die Geschichte amüsierte, ob er kurz davor war, vor Wut zu platzen, oder einfach nicht glauben konnte, was er da hörte. Ben hatte den Eindruck, dass der Professor nicht so recht wusste, was er glauben sollte. Er schob ihnen den schwarzen Peter zu. Ob Adensnap ihnen letzten Endes glauben würde oder nicht, hing davon ab, wie sie nun reagierten. Es war nur eine kleine Chance, aber sie war größer als die, die ihnen die Polizei gegeben hatte. Und dieser Hoffnungsschimmer gab Ben das Selbstvertrauen, noch einmal von seinen Erlebnissen zu erzählen. „Es ist eine unglaubliche Geschichte, Sir“, sagte er. „Aber haben Sie von dem Geisterschiff gelesen, das vorige Woche im Londoner Hafen angelegt hat?“
„Das habe ich“, bestätigte Adensnap.
„Nun ja, ich war auf diesem Schiff“, sagte Ben geradeheraus. „Und Sie haben von der seltsamen neuen Krankheit gelesen, die in der Stadt umgeht?“
„Das habe ich. Cholera, sagt man, aber niemand, der tatsächlich mit der Seuche in Berührung gekommen ist, glaubt auch nur eine Sekunde daran. Scheint mir eher eine schwere Form der Anämie

zu sein. Eine Großtante von mir hatte mal was ganz Ähnliches. Bist du davon auch betroffen, junger Cole?“

Ben ignorierte die Frage. „Und gestern Abend stand in der Times, dass ein Mann mit herausgeschnittenem Herzen in der Themse gefunden wurde. Ein typischer Maya-Brauch, wie Sie wissen werden, Sir.“

Adensnap sah ihn nur an und Ben schluckte.

„Soll ... soll ich einfach mal meine Geschichte erzählen, Sir?“, schlug er nervös vor.

Adensnap beugte sich vor. „Ich denke, das wäre eine ausgezeichnete Idee.“

12

Professor Adensnap hörte aufmerksam zu, während Ben die Geschichte wiedergab, die er bereits Jack und Emily erzählt hatte – von der Entdeckung der Höhle und der Fledermäuse in Mexiko bis zu seiner Rückkehr nach London. Zwischendrin erhob sich der Professor langsam und ging zum Fenster hinüber. Die Hände hinter dem Rücken verschränkt starrte er durch das verschmierte Glas hinaus auf den Hof.

Schließlich kam Ben zu dem Punkt, da das Schiff in London eingelaufen war und Jack ihm half, nach Hause zu finden. Er erwähnte noch Emilys Recherchen, dann versiegte sein Redefluss. Die drei Freunde warteten mit angehaltenem Atem.

Adensnap war wieder bei seinem Sessel angekommen. Er lehnte sich darin zurück und sah sie aus klaren blauen Augen an. Seine Brille rutsche wieder herunter. „Cole und Sherwood beide tot", sagte er leise. „Mein herzlichstes Beileid. Eine Tragödie für euch, ein unersetzbarer Verlust für unser Fachgebiet."

„Aber glauben Sie uns denn, Professor?", fragte Emily zögernd. „Glauben Sie, ehm, alles andere, was Ben Ihnen erzählt hat?"

„Mein liebes Mädchen, ich bemühe mich sehr, es nicht zu tun", sagte er. „Steh auf, junger Cole."

Ben warf Jack und Emily einen Blick zu und tat dann, was man von ihm verlangte.

„Dreh dich um. Setz dich", befahl Adensnap. Ben befolgte all diese Anweisungen mit verdutztem Blick.

„Dieser junge Herr", sagte Adensnap und machte eine Handbewegung in Jacks Richtung, „ist von Natur aus dünn und war es schon immer. Er ist so aufgewachsen. Man erkennt das daran, wie seine Haut die Knochen umspannt. Ich nehme an, er hatte noch nie in seinem Leben ein Gramm zu viel auf den Rippen."

„Das stimmt", murmelte Jack.

„Du wiederum warst einst wohl genährt", sagte der Professor zu Ben. „Jetzt stehen deine Knochen hervor und deine Kleider schlabbern, da kann sich dein Schneider noch so viel Mühe geben. Das heißt, du hast mit Sicherheit kürzlich Hunger gelitten. War es auf einer langen Seereise? Ich könnte es nicht sagen. Aber der Beweislage nach könnte an deiner Geschichte durchaus etwas Wahres dran sein."

Er lehnte sich zurück und verschränkte die Finger. „Beweise, Beweise! Unerlässlich für jedes wissenschaftliche Vorgehen! Du sprichst von dem Schiff, und du sprichst von der Krankheit, bei der es sich offensichtlich nicht um Cholera handelt. All dies sind Beweise, die zwar nicht zwangsläufig denselben Schluss zulassen, aber durchaus der Beachtung wert sind."

„Warum hat die Polizei dann nichts davon hören wollen?", fragte Ben. „Ich habe ihnen doch genau dasselbe erzählt."

Adensnap schnaubte verächtlich. „Mein lieber Junge, das kann man doch nicht vergleichen. Die Polizei ist da, um Verbrecher dingfest zu machen. Soll sich doch jeder um sein Spezialgebiet kümmern, sag ich immer, und mein Spezialgebiet ist das Maya-Reich. Lasst mich mal erzählen, was ich weiß, dann werdet ihr vielleicht verstehen, warum ich mich noch sträube, eure Geschichte zu glauben.

Also, natürlich habe ich von Camazotz gehört. Sein Name taucht in der Mythologie der Mayas immer wieder auf. Der Legende nach führte seine Blutrünstigkeit zum Untergang der Maya-Kultur. Als er immer mächtiger wurde und immer mehr Anbeter fand, verlangte er auch mehr Blutopfer. Mittlerweile ernährten sich seine Vampire vom Blut der verbliebenen menschlichen Mayas. Schließlich waren nicht mehr genügend Menschen übrig, um all die Vampire zu ernähren und Camazotz' Macht aufrechtzuerhalten."

Der Professor hatte all dies erzählt, als wäre jedes Wort wahr. Bevor die Freunde ihn unterbrechen konnten, hob er einen Finger und sagte: „Das ist die Legende. Die Legende berichtet auch von der gegnerischen Priesterschaft Chacs, dem Gott des Blitzes. Sie schafften es irgendwie, einen Aufstand anzuzetteln und zwangen Camazotz und seine verbliebenen Vampiranhänger in einen tausendjährigen Winterschlaf. Ich räume ein, dass dies nach unserem Verständnis der Maya-Zeitrechnung ungefähr tausend Jahre her sein müsste – als die klassische Epoche des Maya-Reiches zu Ende ging –, was bedeuten würde, dass er jetzt jeden Moment aufwachen könnte. Aber das heißt noch lange nicht, dass ich euch glaube.

Ihr müsst verstehen, ich habe wie die meisten modernen Wissenschaftler Camazotz immer für einen besonders widerlichen menschlichen Herrscher gehalten. Schaut euch nur Julius Cäsar und Ivan den Schrecklichen an! Beide nur Menschen, beide mit ziemlich scheußlichen Angewohnheiten. Und Camazotz' Vertreibung? Na ja, kein Tyrann regiert für immer. Man muss nur genügend Leute verärgern, irgendwann schlägt dann schon einer zu. So ist es seit dem Anbeginn der Zeit und so wird es immer sein. Die Legende erzählt, dass Camazotz eingeschlafen ist – wir gehen davon aus, dass er getötet wurde, was für die Maya so ziemlich dasselbe war.

Ihr seht, meine jungen Freunde, meine Lesart der Geschichte wird allen Tatsachen gerecht und gibt uns die beruhigende Gewissheit, dass Camazotz schon lange tot und begraben ist. Nun verlangt ihr von mir, dass ich meine lebenslange Überzeugung von einer Minute auf die andere über den Haufen werfe. Das wird nicht leicht sein.“

„Ich habe auch mein Leben lang nicht an Dämonen geglaubt“, sagte Ben, „bis vor ein paar Monaten.“

Adensnap zwinkerte ihm zu. „Mit Verlaub, mein Junge, mein Leben ist schon etwas länger als deines.“

„Sie wollten Beweise“, sagte Ben. „Stimmt nicht alles, was ich Ihnen erzählt habe, mit dem überein, was Sie uns erzählt haben?“

„Oh doch, das tut es“, sagte Adensnap ruhig und seufzte. „Das ist ja das Problem. Wisst ihr, wenn ihr Recht habt, müssten daraus andere Dinge folgen, die man sich lieber nicht vorstellen möchte. Deshalb habe ich zu deiner lieben Schwester gesagt, dass ich mich bemühe, euch nicht zu glauben. Wenn ihr wirklich Camazotz in einer Höhle gefunden habt, wo er ein Jahrtausend lang geschlafen hat, und wenn er wirklich erwacht, in Sir Donald Finlays Körper gefahren und nach London zurückgekehrt ist – tja, dann wird er von Tag zu Tag mächtiger und wir werden bald vor denselben Problemen stehen wie die alten Mayas. Und womöglich auch vor genau demselben Schicksal!

Camazotz Anhänger können Menschen in Vampire wie sie selbst verwandeln – und auf diese Weise erschaffen sie neue Diener für ihren Gott. Nun nehmen wir mal an, ein Vampir erschafft einen weiteren am Tag. Macht zwei Vampire. Am nächsten Tag erschaffen sie beide noch einen weiteren. Macht vier. Am nächsten Tag … und so weiter. Acht Vampire. Sechzehn Vampire. Zweiunddreißig Vampire. Am Ende der Woche sind es dann hundertachtundzwanzig Vampire! Und das nur, wenn man von einem Vampir ausgeht – und annimmt, dass ein Vampir immer nur einen weiteren am Tag erschafft. In Wirklichkeit müssen wir von über hundert ursprünglichen Vampiren ausgehen, sagt ihr, und wir haben keine Ahnung, wie schnell sie sind. London könnte im Nu überrannt werden. Deshalb hoffe ich so inständig, dass ihr euch irrt."

Er machte eine Pause, denn die Vorstellung, dass London von einem dämonischen Gott und seinen Vampirdienern erobert werden könnte, mussten die drei Freunde erst einmal verarbeiten.

„Trotzdem – ein guter Wissenschaftler darf nicht vor den Tatsachen die Augen verschließen", fuhr Professor Adensnap fort. „Eure Geschichte stimmt mit gewissen Details überein, von denen ihr vorher nichts gewusst haben könnt. Lasst uns noch einer anderen Sache nachgehen, von der ihr vermutlich nichts gewusst habt."

Er ging in die Knie und durchsuchte einen weiteren Bücherstapel. Endlich fand er, wonach er gesucht hatte – eine große schwarze Aktenkiste. Er knallte sie auf den Schreibtisch und sogleich füllte eine Staubwolke das Zimmer.

Adensnap legte die Hände auf die Aktenkiste, ohne sie zu öffnen, und wartete, bis die Kinder aufgehört hatten zu niesen. „Du hast diese Blutrosen um die Höhle herum erwähnt", sagte er. „Beschreibe sie noch mal."

Ben kniff die Augen zusammen und versuchte, sich genau zu erinnern. „Sie sahen aus wie gewöhnliche Gartenrosen, aber sie hatten eine besonders intensive scharlachrote Farbe. Ihr Duft war so Ekel erregend süß und stark, dass mir schlecht davon wurde. Und ihre Dornen waren sehr scharf – und gekrümmt wie ... wie Vampirzähne."

„So wie diese hier?", fragte Adensnap, während er die Aktenkiste öffnete. Ben, Jack und Emily drängten sich um ihn, um besser sehen zu können. Auf dem Papierstapel lag zuoberst ein zerfleddertes, vergilbtes Pergamentpapier.

In einer Ecke des Pergamentpapiers hatte jemand ein paar Blumen gezeichnet, umgeben von grausam aussehenden Dornen, deren Form an die Zähne von Vampirfledermäusen erinnerte. Die Blütenblätter waren zu einem matten Karminrot verblasst, mussten aber einmal leuchtend rot gewesen sein. In der anderen Ecke des Papiers, gegenüber von den Blumen, schwirrten kleine schwarze Fledermausgestalten aus einer Höhlenöffnung und umringten ein zähnefletschendes Gesicht, das in Schwarz und Rot gemalt war. Zwischen den Bildern war jeder Zentimeter mit gedrängter Handschrift und den elementaren, gerundeten Formen der Maya-Hieroglyphen ausgefüllt.

„Ja!" rief Ben. „Das sind sie! Blutrosen!"

„Um Gottes willen", murmelte Adensnap. Dann fuhr er etwas lauter fort: „In der Mythologie wird die Blutrose immer mit Camazotz in Verbindung gebracht." Er strich über das Manuskript. „Ein spanischer Missionar hat all dies im sechzehnten Jahrhundert auf das Pergament übertragen. Diese Zeilen hier sind die Notizen des Missionars. Seht ihr ..." Er deutete auf eine gut lesbare handschriftliche Zeile auf Spanisch. „Er schreibt: ‚Der Maya-Priester Pokom, der mir diese Zeichnungen gezeigt hat, sagt, sie stellen ein Ritual dar, mit dem seine Vorfahren die Seuche des Camazotz aus ihrem Land vertrieben haben.' Und die Rose scheint etwas damit zu tun zu haben. Können wir davon ausgehen, dass sie eine Art Gift enthält, das Vampiren schadet? Vielleicht wurde sie in diesem Ritual verwendet? Es könnte sein, dass Chacs Priester sie um Camazotz' Höhle herum gepflanzt haben, um ihn dort gefangen zu halten. Und als Sir Donald und seine Männer die Rosenhecken dann zerschnitten ..." Adensnap sackte in sich zusammen und stützte den Kopf in die Hände. „Gütiger Gott. Kann das angehen? Sollten die Legenden tatsächlich wahr sein?"

Emily legte zögernd eine Hand auf seine Schulter. „Ich weiß, wie

schrecklich es ist, Sir, aber sie sind wahr."
„Aber so schrecklich ist es nicht!", warf Ben plötzlich ein. Alle sahen ihn an und er deutete auf das Pergament. „Sie haben es selbst gesagt, Sir. Dies hier ist eine Anleitung, um Camazotz zu verbannen!" Emily und Jack schöpften plötzlich neue Hoffnung.
„Eine Anleitung", sagte Adensnap geknickt, „die wir nicht lesen können. Es ist alles in Maya-Hieroglyphen geschrieben – und die hat bisher noch niemand entschlüsseln können."
Ben ergriff plötzlich die Hand des Professors und schüttelte sie heftig. „Nun gut, vielen Dank, Sir", sagte er. „Danke, das war äußerst hilfreich. Äußerst hilfreich."
„Wirklich?" Adensnap sah ihn überrascht an. „Tja, freut mich, euch geholfen zu haben ..."
„Ben?", fragte Emily verwirrt. „Was redest du da eigentlich?"
„Keine Zeit, keine Zeit!", sagte Ben aufgeregt. Für einen Moment klang er fast wie Adensnap selbst. „Wir kommen bald wieder, Sir, und wir werden etwas unglaublich Nützliches mitbringen. Kommt ihr beiden! Kommt!"
Und er bugsierte Emily und Jack hinaus auf den Flur und schlug die Tür hinter ihnen zu, während Adensnap noch fragte, was er denn eigentlich gemeint habe.
Ben sagte erst wieder etwas, als sie das Museum verlassen hatten.
„Was ist denn bloß in dich gefahren, Ben?", fragte Jack, als sie die große Treppe hinunter und auf den Ausgang zuliefen.
Ben blieb stehen und drehte sich nach Jack und Emily um. Er strahlte über das ganze Gesicht. „Ich wollte es Professor Adensnap noch nicht sagen, falls ich mich irre, aber ... nun ja ..."
„Ja?", fragten Jack und Emily wie aus einem Munde.
„Er hat gesagt, niemand könne die Maya-Hieroglyphen lesen. Falsch!" Ben sah noch aufgeregter aus, als es der Professor gewesen war. „Vater konnte es! Er hat mir erzählt, er habe eine Übersetzung

angefertigt. Sie sei noch lückenhaft, hat er gesagt, aber vielleicht können wir etwas damit anfangen. Die Übersetzung müsste in seinen Notizbüchern sein."

Jack seufzte auf. Er wollte eigentlich nicht derjenige sein, der das offenkundige Problem aussprach – dass Bens Vater tot war –, aber es sah so aus, als müsste er es tun.

Dann begann auch Emilys Gesicht plötzlich zu leuchten. „Wenn wir also an diese Notizbücher kommen könnten ...", begann sie.

„Ja! Ja!", stimmte Ben zu.

„Aber sind die nicht noch in Mexiko?", fragte Jack langsam. Er sagte das so zögerlich, da die Notizbücher nur an einem einzigen anderen Ort sein konnten, wenn sie nicht in Mexiko waren. Wenn er ehrlich war, hoffte Jack, dass sie sich noch in Mexiko befanden.

Er hatte richtig getippt. Ben beruhigte sich und schluckte nervös. „Hm, nein", sagte er. „Sie müssten mit den anderen Expeditionsunterlagen zurückgebracht worden sein ..."

„Ich verstehe", sagte Jack.

Auch Emily wurde klar, was das bedeutete. „Oh nein", sagte sie nach einer langen Pause. „Du meinst, sie sind in Sir Donalds Haus?"

„Ja", sagte Ben langsam. „Auch Camazotz hält sich vermutlich dort auf. Und ihr habt gehört, was der Professor darüber gesagt hat, wie schnell die Anzahl der Vampire wachsen kann. Wir müssen Camazotz so schnell wie möglich aufhalten – und das bedeutet, dass wir zu Sir Donalds Haus gehen und Vaters Notizbücher holen müssen, bevor es zu spät ist."

13

Sir Donald Finlays Zuhause war ein herrschaftlicher Wohnsitz am Rande von Mayfair, im Westen von London. Die Fahrt dorthin mit dem Einspänner war eine neue Erfahrung für Jack, der es eher gewöhnt war, heimlich hinten auf die Droschke aufzuspringen. Der Einspänner war eine zweirädrige Kutsche, die nach vorne offen war. Der Sitz war gerade groß genug für die drei Freunde, um bequem nebeneinander Platz zu finden. Ein kleines Dach hielt Wasser von oben oder hinten ab, bot aber keinerlei Schutz, wenn der Regen von vorne kam. An diesem Mainachmittag aber regnete es glücklicherweise nicht.

Der Fahrer saß hoch oben hinter ihnen auf dem Kutschbock. Jack fühlte sich nicht wohl dabei, jemanden in der Nähe zu wissen, den er nicht sehen konnte und der doch jedes Wort zwischen ihm und seinen Freunden verstehen würde. Also schwieg er, bis sie in Mayfair aus der Droschke stiegen und sich auf den Weg zu Sir Donalds Residenz machten.

„Is' das das Haus?“, fragte Jack. Wie in vielen Londoner Wohngegenden gab es hier einen kleinen Garten in der Mitte, wo sie sich zwischen den Büschen herumdrücken konnten, ohne gesehen zu werden. Die Häuser hier waren größer und prunkvoller als das der Coles. Das Haus im Bedford Square war ein Reihenhaus. Dies hier waren alles klotzige, überdimensionale Villen mit eigenem Grundstück. Jedes der Häuser war durch eine schmale Gasse von dem nächsten getrennt. Auf der Rückseite befanden sich die Gärten, die von hohen Mauern umgeben waren. Auf der Vor-

derseite führten die Treppenstufen von der Haustür direkt hinunter auf die Straße.
Von der Fassade starrten den Betrachter drei Reihen Schiebefenster ausdruckslos an, während in die Dachschräge kleinere Flügelfenster eingelassen waren. Ein riesiger, von Säulen getragener Vorbau prägte die Frontseite des Hauses.
„Das ist es“, bestätigte Ben. „Emily und ich waren beide oft genug hier.“
„Wir wissen nicht, ob Camazotz tatsächlich hier ist, Ben“, gab Emily zu bedenken. „Als Sir Donald könnte er überall hingehen.“
„Ja“, gab Ben zu. „Aber er wird während des Tages vermutlich einen Platz zum Schlafen brauchen – und da kann er doch gleich dieses Haus nehmen.“
„Wie spät is' es?“, wollte Jack wissen.
Ben sah auf seine Taschenuhr. „Vier Uhr“, antwortete er. „Wir haben noch eine ganze Weile Tageslicht.“
„Und Camazotz und seine Vampire können kein Tageslicht vertragen, stimmt's?“, fragte Jack nervös.
„Ich glaub', es ist nur das direkte Sonnenlicht, das ihnen wirklich schadet“, erklärte Ben ihm. „In Mexiko schienen Camazotz und die Fledermäuse gut mit normalem Tageslicht zurechtzukommen – es waren die Sonnenstrahlen, die sie nicht vertrugen. Aber nachts waren sie zweifellos am ... aktivsten“, schloss er und schauderte bei der Erinnerung.
„Also lasst uns hoffen, dass Camazotz – und sämtliche Vampire, die ihm dort drinnen Gesellschaft leisten – alle tief schlafen“, sagte Emily bewegt.
„Nun, eine Person ist schon mal wach, seht doch“, flüsterte Jack und deutete auf das Haus.
Die Haustür wurde einen Spaltbreit geöffnet. Es dauerte einen Augenblick und eine junge Frau in Dienstmädchenhaube und

Schürze schlüpfte hindurch. Sie sah sich nach beiden Seiten um, zog vorsichtig die Tür hinter sich zu und kam auf Zehenspitzen die Treppenstufen hinunter ins Sonnenlicht gelaufen. Sobald sie die Straße erreicht hatte, eilte sie davon.

„Na ja, sie ist immer noch Mensch", murmelte Ben, als klar war, dass das Sonnenlicht dem Dienstmädchen keinerlei Schaden zufügte. Er machte sich wieder daran, das Haus zu beobachten.

„Wartet hier", sagte Emily und rannte dem Dienstmädchen hinterher. Die Jungen sahen sich überrascht an, dann folgten sie ihr. Als sie Emily eingeholt hatten, hatte sie die Frau bereits abgepasst. Sie war jung, vermutlich nicht mehr als zwei oder drei Jahre älter als Emily.

„... die ganze Nacht auf den Beinen", sagte sie zu Emily, „u...und den ganzen Tag im Bett. Hab' ihn noch gar nich' gesehn seit er zurück is', nur diesen gruseligen Butler, Mr Brown, der mich alle Besorgungen machen lässt, seit das Personal über alle Berge is'..."

„Mr Brown?", fragte Emily. „Ich dachte, Mr Rivers sei Sir Donalds Butler."

„Rivers ist in Rente gegangen, kurz bevor die Expedition aufbrach", erzählte ihr Ben. „Ich habe Mr Brown einmal getroffen. Schien ein netter Kerl zu sein. Sir Donald ist also tatsächlich zurück?", fragte Ben das Dienstmädchen, begierig, endlich eine Bestätigung zu bekommen. „Er ist tatsächlich zurück?"

Sie sah ihn verwundert an. „Zurück seit 'ner Woche, Sir. Und haste nich' gesehn' verließen die anderen Bediensteten das Haus – oder verschwanden zumindest. Sie verabschiedeten sich nie, was ich seltsam fand, sie waren einfach morgens nich' mehr da. Is' alles sehr seltsam und ich muss Ihnen ehrlich sagen, Miss, mir gefällt das gar nich'", sagte sie an Emily gewandt. „Als ich heut Morgen zur Arbeit kam", fuhr sie fort, „war da nur noch ich! Ich und Mr Brown! Und Sie haben Recht – früher war er so ein netter Herr.

Aber jetzt is' er grimmig und eiskalt und schleicht im Haus herum, um mir plötzlich aufzulauern, wenn ich's nich erwarte – als ob er versucht, mich bei was Verbotenem zu erwischen. Und heute dann kommt er und sagt, ich werde im Keller verlangt – wo wir normalerweise alle nicht mehr hindürfen. Ich kann mir nich' helfen, aber ich hab so das Gefühl, dass die anderen Bediensteten vielleicht auch ‚im Keller verlangt' wurden! Also will ich mal lieber nix riskieren. Das war mal so ein fröhliches Haus. Jetzt ist es ein furchtbarer Ort und ich seh' zu, dass ich wegkomme, solange ich's noch kann."

„Das klingt ja wirklich schrecklich", pflichtete ihr Emily bei. „Ich frage mich ... ehm ... könnte ich Ihre Haube haben? Und Ihre Schürze?"

„Wie bitte, Miss?", fragte die Frau überrascht.

„Ihre Haube und Schürze?" wiederholte Emily. „Bitte." Sie kramte in ihrer Geldbörse und hielt dem Dienstmädchen ein paar Pennys hin. „Sehen Sie, ich kaufe sie Ihnen ab. Es ist nicht viel, aber ..."

„Miss", sagte die Frau, „dies is sozusagen meine Uniform. Tut mir Leid, aber wie soll ich denn 'ne neue Stelle bekommen, wenn ich die verkaufe?"

Emily schüttete den ganzen Inhalt ihrer Geldbörse in die Hand des Dienstmädchens. „Sieben Schillinge und drei Pennys", sagte sie. „Das ist leider alles, was ich habe."

Das Dienstmädchen starrte auf das kleine Vermögen. Davon konnte sie sich nicht nur eine neue Haube und Schürze kaufen, sondern sich auch für einige Tage ernähren. Sie strahlte. „Natürlich können Sie das Zeug haben. Es gehört Ihnen." Sie überreichte Emily die Sachen, nahm das Geld und ging beschwingt davon.

„Emmy", sagte Ben langsam, „was soll das?"

Emily schwang stolz die Schürze. „Das kann doch nicht so schwer sein, oder?", fragte sie. „Ich habe Mrs Mills oft genug beobachtet.

Ich werd' den Job dieses Mädchens übernehmen!"
Ben blieb die Luft weg. „Nein!", rief er. „Nein! Das ist zu gefährlich!"
„Und wie sonst willst du ins Haus kommen?", fragte ihn Emily. „Auf die Bediensteten achtet niemand. Das wird die perfekte Tarnung! So kann ich mich umsehen und Vaters Notizbücher suchen."
„Aber ...", wand Ben ein. „Es wäre sicherer, wenn ich an deiner Stelle gehen würde."
„Das geht nicht", antwortete Emily ruhig. „Du hast diesen neuen Butler, Mr Brown, schon mal getroffen. Er könnte dich wiedererkennen. Und es gibt keinen Grund, warum er Jack ins Haus lassen sollte. Ben, ich werde diese Aufgabe übernehmen müssen. Und jetzt hilf mir mal bitte."
Emily setzte die Haube auf und Ben seufzte, gab sich geschlagen und band ihr die Schürze zu. Dann umarmte er seine Schwester.
„Geh' zum Dienstboteneingang", riet er ihr. „Du weißt, wie Mrs Mills reagiert, wenn Bedienstete an die Haustür kommen."
„Natürlich", pflichtete sie ihm bei, lächelte und erwiderte seine Umarmung. „Versteckt euch wieder in den Büschen. Ich versuch', bald wieder da zu sein." Und damit drehte sie sich um und ging mutig auf das Haus zu.

14

Der Dienstboteneingang lag auf der Rückseite des Hauses. Der Durchgang zwischen den Gebäuden war eng und dunkel, und das Haus schien sich über Emily aufzutürmen. Für einen Augenblick drohte die nackte Angst sie zu überwältigen und sie war drauf und dran, zu den Jungen zurückzurennen, die sich im Gebüsch versteckt hielten. Doch sie biss die Zähne zusammen, ballte die Hände zu Fäusten und ging weiter.

Um die Hintertür zu erreichen, musste sie eine kleine Treppe hinuntergehen. Sie klingelte, trat zurück und wartete.

Kurze Zeit später ging die Tür auf. Dahinter lag ein düsterer, schummeriger Flur, und für einen Moment hätte Emily schwören können, dass die Tür von selbst aufgegangen war, aber dann tauchte eine menschliche Gestalt aus der Dunkelheit auf. Sie trug den schwarzen Schoßrock eines Butlers. Emily atmete auf – es war nicht Camazotz.

Der Butler war groß und schlank und hatte graue Haare und tief liegende Augen. Seine Mundwinkel hingen herunter wie die Zeiger einer Uhr, die um zwanzig vor vier stehen geblieben war. Er sah auf Emily herab. „Ja?“ Seine Stimme hatte einen leichten schottischen Einschlag, aber ihr fehlte jede Wärme.

Emily holte tief Luft. „Entschuldigen Sie, Sir“, sagte sie. „Aber ich habe mich gefragt, ob Sie vielleicht ein Dienstmädchen brauchen. Ich bin auf der Suche nach einer neuen Stelle.“

Er starrte sie eine Weile an. Dann trat er ohne ein weiteres Wort zurück und gab ihr mit einer Handbewegung zu verstehen, dass sie eintreten sollte. Sie zögerte einen kurzen Moment, wusste sie doch, dass sie von nun an wirklich auf sich allein gestellt sein würde. Aber es gab keinen anderen Weg, die Arbeiten ihres Vaters zurückzuholen, und so machte sie einen entschlossenen Schritt in die Dunkelheit.

Der Butler zog die Tür hinter ihr zu und auch das letzte Licht verschwand. Er war nur eine finstere Gestalt, sein weißes Hemd ein blasser, verschwommener Fleck in der Dunkelheit. Und dann hätte Emily beinahe laut aufgeschrien, denn in seinen Augen glaubte sie ein rotes Glimmen zu sehen.

Der Butler verschloss die Tür und Emilys Herz schlug so laut, dass sie sicher war, er würde es hören. Wer auch immer er war, sie war nun mit ihm hier gefangen.

Er ging an ihr vorbei. „Hier entlang", sagte er und führte sie in das Dienstbotenzimmer, das von einer Öllampe schwach beleuchtet wurde. Er setzte sich an den Tisch und streckte die Hand aus. „Ihre Empfehlungsschreiben?", verlangte er.

Empfehlungsschreiben! Emily verfluchte sich selbst. Natürlich, jedes Dienstmädchen in der Stadt hatte Empfehlungsschreiben von ihren vorherigen Arbeitgebern. Sie tat, als würde sie ihre Taschen durchsuchen, und sah den Butler dann bestürzt an. „Oh, Sir, ich muss sie verloren haben!", behauptete sie.

Er hielt ihrem Blick einen Moment stand und Emily konnte wieder das rote Glimmen in seinen Augen erkennen. Es war nicht etwa so, dass das Weiße seiner Augen rot war – wie bei jemandem, der müde war oder geweint hatte. Das rote Glühen lauerte tief in den Pupillen, was Emily sehr unheimlich war.

„Ungeschickt", bemerkte er. „Aber wir können ja neue anfordern." Er holte ein Notizbuch und einen Bleistift aus seiner Rocktasche. „Wie heißen Sie?"

„Emily Cole", sagte sie sofort. Noch während sie die Worte aus-

sprach, erkannte sie ihren Fehler und fügte eilig hinzu: „-man. Emily Coleman."
Er notierte sich den Namen. „Wer war Ihr letzter Arbeitgeber, Coleman?"
Auch wenn es nicht ihr echter Nachname war, war Emily für einen Moment vollkommen sprachlos. In dieser Form war sie noch nie angesprochen worden. Noch nie. So fühlte man sich also als Bedienstete.
„Mr ...", sagte sie und dachte fieberhaft nach. „Benedict. Jack. Wohnhaft in ... Russell Square."
Er schrieb ohne aufzusehen. „Mr Benedict Jack. Wohnhaft in Russell Square. Für ein Dienstmädchen haben Sie eine sehr gewählte Ausdrucksweise, Coleman."
Jetzt sah er doch auf. In seiner Stimme schwang etwas Herausforderndes mit und seine Augen schienen sich direkt in Emilys Seele zu bohren.
„Mr Jack hat darauf bestanden, Sir", antwortete Emily. Und einer plötzlichen Eingebung folgend fügte sie hinzu: „Ich musste auf die Kinder des Hauses aufpassen und er wollte nicht, dass sie die Sprache eines ... eines Dienstmädchens übernehmen."
„Ich verstehe." Kritzel, kritzel. Er sah wieder auf. „In diesem Haus gibt es keine Kinder, Coleman."
„Ehm, ja, Sir", sagte Emily. „Ich meine, nein, Sir."
„Und nachdem Bennet uns nun verlassen hat, gibt es auch keine weiteren Angestellten abgesehen von mir. Mein Name ist Mr Brown."
Emily hatte ja schon von dem Verschwinden der Angestellten gehört, aber sie entschied, dass es besser wäre, überrascht zu tun. „Überhaupt keine weiteren Angestellten, Sir?"
„Es gibt hier nur einen Bewohner. Unseren Dienstherrn, Sir Donald Finlay. Er liebt die Abgeschiedenheit."

„Aber in einem großen Haus wie diesem …“ begann Emily.
„Die meisten der Räume sind dauerhaft verschlossen. Unser Herr empfängt keine Besucher. Er zieht es vor, am Tage zu ruhen und in der Nacht wach zu sein. Ihre Aufgabe wird es sein, die wenigen Räume in Ordnung zu halten, die er benutzt. Sie werden auch alle Botengänge erledigen, für die jemand während des Tages das Haus verlassen muss.“
Er hatte es nicht direkt gesagt, aber Emily hatte den Eindruck, dass sie den Job in der Tasche hatte. „Kein Problem, Sir“, erwiderte sie.
Mr Brown nickte und stand mit einer fließenden Bewegung auf. Emily machte einen Schritt zurück. Sie hatte ganz vergessen, wie groß er war.
„Ich sollte Ihnen jetzt das Haus zeigen“, sagte er, nahm die Lampe und hielt sie in Richtung Tür.
Emilys Herz begann schneller zu schlagen, als sie ihm eine enge Treppe hinauf und in die Diele folgte, die sie von früher wiedererkannte – früher, als Sir Donald noch Mensch und ein Freund gewesen war. Das Treppenhaus erstreckte sich durch das ganze Haus bis zum Dachgeschoss. Ausladende Stufen führten in jedes Stockwerk und alle wichtigen Räume des Hauses gingen von diesem zentralen Treppenhaus ab. Die Tür zum Untergeschoss, durch die sie gekommen waren, befand sich ganz rechts in der Ecke der Diele. In der Mitte der gegenüberliegenden Wand konnte Emily die wuchtige Haustür sehen. Rechts und links davon befanden sich zwei große Fenster, die mit schweren Vorhängen verhüllt waren. Einer der Vorhänge war leicht geöffnet, sodass ein einsamer Sonnenstrahl den Weg in die Diele gefunden hatte. Emily beobachtete, wie Mr Brown dem Sonnenfleck vorsichtig auswich und den Vorhang zuzog, sodass seine Lampe wieder die einzige Lichtquelle war.

Emily sah sich im schummerigen Schein der Lampe um. Die eichenholzgetäfelten Wände und Treppenabsätze waren gesäumt von ausgestopften Tieren – Vögel, Säugetiere, Lebewesen, die sie nicht kannte –, alles Überbleibsel aus Sir Donalds Karriere als Biologe.

„Abgesehen von den Dienstbotenzimmern und dem Untergeschoss dürfen Sie keinen Raum des Hauses ohne meine Anweisung betreten", sagte Mr Brown. „Die einzigen Räume, die Sie interessieren müssen, sind hier." Er zeigte auf zwei Türen in der linken Wand der Diele. „Das Arbeitszimmer. Der Ruheraum." Dann drehte er sich um und wies auf eine kleine Tür in der getäfelten Wand zu seiner rechten Seite, neben einer großen Standuhr. „Diese Tür führt in den Keller, der für Sie vollkommen tabu ist. Sie werden keinen Anlass haben, ihn zu betreten, es sei denn, Sie werden ausdrücklich dort hinbefohlen. Und schließlich ...",er ging auf die letzte Tür in der rechten Wand zu, „... das Esszimmer. Kommen Sie, Coleman."

Das Esszimmer war mit dem gleichen schweren, dunklen Holz getäfelt wie die Diele. Es gab ein großes Fenster, durch das man zur Vorderseite des Hauses hinaussah. Ein klotziger Tisch nahm fast den ganzen Raum ein. Jemand hatte ein Tuch darüber geworfen und sorgsam Silberbesteck darauf ausgebreitet.

Mr Brown sah Emily streng an. „Ihre Vorgängerin hat diese Arbeit nicht zu Ende gebracht", sagte er. „Ich schlage vor, Sie machen hier weiter." Er machte eine flüchtige, spöttische Verbeugung, verließ rückwärts das Zimmer und zog die Tür hinter sich zu. Wenig später hörte Emily, wie sich seine Schritte entfernten.

Sofort sprang sie zum Fenster, dessen Vorhänge nicht zugezogen waren. Sie sah hinaus auf den Platz. Sie konnte den Busch erkennen, wo Ben und Jack sich versteckt halten mussten, und glaubte, ihre Mützen durch die Blätter schimmern zu sehen, aber sie war sich nicht sicher, ob die Jungen sie sehen konnten. Sie winkte trotzdem. Dann drehte sie sich wieder um und begann, nachdenklich auf ihrer Lippe herumzubeißen.

Sie hatte keine Uhr und keine Ahnung, wie lange sie schon im Haus war. Es kam ihr wie eine Ewigkeit vor, aber wahrscheinlich waren es nicht mehr als zehn Minuten. Sie nahm ein Messer in die Hand und rieb das Silberputzmittel mit einem Lappen ein. Nur für den Fall, dass Mr Brown zurückkommen und ihren Fortschritt überprüfen würde, beschloss sie, zehn Messer und zehn Gabeln zu putzen. Wenn die Luft dann immer noch rein war, würde sie mit ihrer Suche beginnen.

Der Reiseuhr auf dem Kaminsims nach vergingen weitere zehn Minuten, bis Emily das Besteck einigermaßen zum Glänzen gebracht hatte. Mr Brown ließ sich nicht blicken, und so schlich sie zur Tür und öffnete sie vorsichtig. Immerhin hatte das letzte Dienstmädchen die Scharniere regelmäßig geölt – die Tür quietschte nicht. Sie schlüpfte hinaus in die Diele und huschte hinüber zu dem Raum, den Mr Brown als Arbeitszimmer bezeichnet hatte.

Aufgeregt stieß Emily die Tür auf und spähte hinein. Das Arbeitszimmer war größer und aufgeräumter als das ihres Vaters zu Hause, aber wie Sir Donalds ganzes Haus kam es ihr nüchtern und leblos vor. Hohe verglaste Bücherregale ragten bis zur Decke und ein massiver Mahagoni-Schreibtisch mit grüner Ledertischplatte thronte mitten im Zimmer.

Schnell ging sie zum Schreibtisch hinüber. Im Gegensatz zu dem von Harrison Cole, der immer mit Papieren, Büchern und Manuskripten überladen gewesen war, war dieser hier wie leer gefegt. So schnell und leise wie möglich zog Emily die Schubladen heraus. Sie fand Briefe, Kontoblätter und Aktenordner, aber keines der Notizbücher ihres Vaters. Tatsächlich sah nichts auf diesem

Tisch so aus, als sei es seit Camazotz' Ankunft auch nur einmal angerührt worden.

Enttäuscht ließ Emily ihren Blick durch den Raum wandern – und plötzlich entdeckte sie, wonach sie gesucht hatte. Hinter der Tür lag ein Stapel Notizbücher und Blätter, die neuer aussahen als die anderen Sachen im Zimmer. Sie lief hinüber, um den Stapel näher unter die Lupe zu nehmen, und stellte erfreut fest, dass Ben mit seinen Vermutungen Recht gehabt hatte – die ganzen Expeditionsbücher und -papiere waren mit Camazotz aus Mexiko zurückgebracht und an diese Adresse geliefert worden. Da Camazotz kein Interesse daran hatte, waren die Unterlagen einfach in einer Ecke des Arbeitszimmers liegen geblieben.

Emily durchwühlte den Stapel und fand bald, was sie suchte. Es war eine ganze Serie von Notizbüchern, die mit einer Schnur zusammengehalten wurden. Sie wusste, wie ihr Vater gearbeitet hatte – die Bücher waren mit Sicherheit voller chaotischer Kritzeleien und Notizen, aber Harrison hatte beim Tagebuchschreiben immer ein Buch geführt, in dem er noch einmal alles zusammenfasste, was er gelernt hatte. Es war dieses Buch, das Emily finden musste.

Sie zog die Schnur von dem Stapel und schlug das erste Buch auf. Es war ein Lederband, den sie selbst ihrem Vater zum Geburtstag geschenkt hatte, kurz bevor die Expedition aufgebrochen war. Auf dem Einband stand in goldener Schrift: *Tagebuch von Harrison Cole.* Sie las den ersten Eintrag und beim Anblick der vertrauten Handschrift traten ihr die Tränen in die Augen. ‚11. November. Aufbruch. Die arme E. noch krank, also keine Chance, sie mitzunehmen. B. sehr aufgeregt ...'

„Oh, Vater", flüsterte Emily. Sie blätterte noch ein Stück weiter, um sich zu vergewissern, dass es das richtige Buch war, als sich zu ihrem großen Schrecken plötzlich die Tür öffnete!

Für einen Augenblick schien die Welt stillzustehen, während sich Emilys Gedanken überschlugen. Sie wusste, sie hatte nur Sekunden, um das Buch zu verstecken, bevor Mr Brown sie entdecken würde. Gerade als der Butler hereinkam und sich umsah, stopfte sie das Tagebuch in ihre Schürzentasche.
Schließlich passierte das Unvermeidbare und Mr Browns Blick fiel auf Emily. Seine Augen richteten sich flackernd auf den Bücherstapel, dann wieder auf Emily. Sie trat zur Seite, ohne ihn auch nur einen Moment aus den Augen zu lassen.
Mr Browns Gesicht blieb ausdruckslos. „Sie waren sehr unfolgsam, Coleman“, sagte er ruhig.
„E-Es tut mir Leid, Sir“, stammelte Emily. „Ich war neugierig. Ich hab mich nur umgeguckt. Ich gehe jetzt, Sir, wenn es das ist, was Sie wollen. Ich werde keine weiteren –“
Ihr stockte der Atem – denn Mr Brown begann zu lächeln. Seine Mundwinkel wanderten weiter und weiter nach oben. Und dann öffneten sich seine Lippen und entblößten seine Zähne – unnatürlich weiße, scharfe, perfekte Zähne. Seine Zunge fuhr über die spitzen Eckzähne und seine Augen leuchteten rot.
„Wir werden sehen, was der Hausherr sagt“, zischte er.

15

Jack hatte schon früh gelernt, Geduld zu haben. Er dachte, dass Ben das auch gelernt haben musste. Schließlich hatte er wochenlang als blinder Passagier auf einem Atlantikschiff festgesessen. Aber wenn Ben es je gelernt hatte, hatte er es wieder vergessen. Er ging auf und ab, hin und her und warf immer wieder einen Blick über die Straße zu Sir Donalds Haus.

Die Sonne war über den Himmel gewandert und tauchte die Fassade des Hauses in rotes Abendlicht. Nicht mehr lange und die Sonne würde untergehen.

Ben zog seine Uhr aus der Jackentasche. Es war kurz vor neun.

„Jetzt ist sie schon fast fünf Stunden weg", sagte er.

Sie schwiegen einen Augenblick.

„Na ja, weißte, es is ein großes Haus", bemerkte Jack. „Da kann es schon 'ne Weile dauern, bis sie –"

„Ich weiß!", fuhr Ben ihn an. „Aber fünf Stunden? Und bald ist Sonnenuntergang. Du hast gehört, was das Dienstmädchen gesagt hat – abends wacht er auf." Ben wirkte zerknirscht, als würde er in einen sauren Apfel beißen. „Jack ... ich muss dich einfach etwas fragen."

„Ja?"

„Na ja, hast du schon mal ... Was ich meine, ist, eh ..."

Jack wartete.

„Jack", platzte Ben heraus, „ich weiß, dass du früher geklaut hast und dass du nicht stolz darauf bist, und, na ja, bist du je in ein Haus eingebrochen?"

Jack blinzelte verlegen. „Hm", sagte er. „Ja, einmal. Hab's mir von so 'nem Typen zeigen lassen. Bin kein Experte."
Ben brachte ein mattes Lächeln zustande. „Na ja, das ist immerhin ein Einbruch mehr, als ich vorweisen kann, es sei denn, man zählt mein eigenes Haus am Tag unseres Kennenlernens mit."
„Ehm, ja. Das war es", gab Jack zu. „Der Typ warst du."
„Oh." Ben stockte. „Na ja, ich glaube, wir müssen da jetzt reingehen und Emily suchen."
„Vielleicht stören wir sie nur", begann Jack.
Aber Ben schüttelte den Kopf. „Sie hatte fünf Stunden. Und denk' dran, sie muss das Spiel nicht mehr weiter spielen, sobald sie das Notizbuch gefunden hat. Sie könnte es in ihre Tasche stopfen und zur Haustür rennen. Die Vampire könnten ihr nicht in die Sonne folgen." Er blickte hinüber zum Haus. „Nein, Jack. Sie haben sie erwischt. Da bin ich mir sicher."
Oder schlimmer, dachte Jack, aber besaß genug Feingefühl, um es nicht auszusprechen.
Ben zwang sich zu einem mutigen Lächeln. „Also, wie, denkst du, sollen wir versuchen reinzukommen?", fragte er. „Was schlägst du vor?"
Jack dachte nach. „Ich schlag' vor, wir gehn' nich' zur Haustür", sagte er endlich. „Wir gehn' hintenrum."

Sir Donalds Garten war umgeben von einer hohen Backsteinmauer. Jack formte seine Hände zu einer Räuberleiter und hob seinen Freund hoch, bis er auf der Mauer saß. Dann reichte ihm Ben die Hand und half ihm, auch hochzuklettern. Sie schwangen die Beine über die Mauer und ließen sich auf die andere Seite fallen. Sie waren in den Büschen am Ende des Garten gelandet, und so spähten sie durch die Blätter in Richtung Haus. Sie sahen einen gepflegten Rasen mit einem Teich in der Mitte. Im Erdgeschoss des Hauses schien eine Terrassentür in einen Wintergarten zu führen und im ersten Stock erstreckte sich ein Balkon über die gesamte Rückseite des Hauses.

„Du warst doch schon mal hier“, flüsterte Jack. „Wo könnten sie ’nen Gefangenen halten?“

Ben starrte hilflos auf das Haus. „Ich weiß nicht. Es sind so viele Zimmer. Wenn sich jeder von uns eine Hälfte des Hauses vornimmt ...“

„Nein“, sagte Jack sofort. „Nein. Wir bleiben zusammen, Ben.“

Ben schien dankbar, dass seine Idee abgelehnt worden war. „Tja, wir können unten anfangen und uns hocharbeiten“, schlug er vor, „oder wir können oben anfangen und uns runterarbeiten.“

„Von oben nach unten“, sagte Jack. „Auf diese Weise kommen wir immer näher Richtung Haustür und Ausgang anstatt immer weiter weg davon.“

„In Ordnung. Also, wie kommen wir rein?“, wollte Ben wissen. Er zeigte auf die Terrassentür. „Dort hindurch?“

„Nein ...“, antwortete Jack nachdenklich. „Wir klettern diese Regenrinne hoch und schlüpfen durch das Fenster da oben. Siehste?“ Er zeigte auf ein Abflussrohr, das an der Seite des Hauses hochlief und am Balkon vorbeiführte. Ben konnte erkennen, dass eines der Fenster zum Balkon nur angelehnt war. „So kommen wir ins erste Stockwerk“, fuhr Jack fort. „Aber erst mal müssen wir sehen, wie wir über den Rasen kommen.“

Die Jungen sahen auf die Rasenfläche zwischen ihnen und dem Haus. Es waren nur um die dreißig Meter, aber die waren von der Hälfte der Fenster aus voll einsehbar.

„Wenn wir schlau wären, würden wir warten, bis es dunkel ist ...“, murmelte Jack.

„Nein“, sagte Ben fest. „Besser gehen wir noch bei Tageslicht und hoffen, dass Camazotz und seine Vampire schlafen.“

„Dann lass uns jetzt gehn“, sagte Jack entschlossen und klopfte Ben auf den Rücken. „Komm schon.“
Leicht geduckt huschten sie über den Rasen. Die dreißig Meter schienen endlos. Mit klopfenden Herzen erreichten sie das Haus und drückten sich gegen die Wand. Jack vermutete, dass Vampire auf zwei junge Eindringlinge genauso reagieren würden wie Menschen – mit Geschrei und Gezeter. Alles war still. Niemand hatte sie gesehen.
Er schlang seine Arme und Beine um die Regenrinne und begann nach oben zu klettern. Die Regenrinne führte ein Stück neben dem Balkon entlang und Jack musste hinübergreifen, um das Geländer zu fassen zu kriegen. Er streckte ein Bein aus, bis er Mauerwerk unter seinen Füßen spürte, dann ließ er die Regenrinne los und schwang sich auf den Balkon.
Als er wieder hinunterblickte, stand Ben noch immer am Boden und schielte zu ihm hoch. Er wirkte nervös. ‚Nun komm schon!‘ signalisierte Jack ihm mit einer ermunternden Handbewegung. Ben schluckte und griff nach der Regenrinne. Er umklammerte sie mit den Händen und folgte Jack unbeholfen.
Ben hatte es fast geschafft, als er mit dem Fuß abrutschte und vornüberfiel. Er schlug mit dem Oberkörper gegen das Geländer und hielt vor Schmerz die Luft an. Jack stürzte herbei und konnte ihn gerade noch packen und über das Geländer auf den Balkon ziehen.
Die Jungen sagten nichts. Es war zu gefährlich. Jack funkelte Ben zornig an und dieser biss sich in die Wange und sah den Freund entschuldigend an. Dann wandte sich Jack dem offenen Fenster zu, das er von unten entdeckt hatte. Einen Augenblick später waren sie im Haus.
Es war still und dunkel. Durch das Fenster fiel gerade so viel Licht, dass die Jungen unförmige weiße Gebilde um sich herum er-

kennen konnten. Sie befanden sich in einem Schlafzimmer, an dessen Wänden Tiergemälde hingen. Die Möbel waren mit Laken verhüllt. Der Raum war vermutlich seit Sir Donalds Abreise nach Mexiko nicht benutzt worden. Derjenige, der an Sir Donalds Stelle zurückgekehrt war, hatte kein Interesse daran, die Zimmer dieses Hauses wieder mit Leben zu füllen.

Hier war Emily offensichtlich nicht, und so schlichen sie auf Zehenspitzen zur Tür. Ein furchtbares Knarren ließ sie zusammenzucken. Sie sahen sich an. Nun war Jack an der Reihe, entschuldigend dreinzublicken, als er langsam seinen Fuß von der Holzdiele hob. Es knarrte noch einmal leise, als das Holz nachgab. Sie lauschten an der Tür, bevor sie sie langsam öffneten. Sie waren im Flur des ersten Stockwerks – einer Galerie mit Teppichboden, die um das Treppenhaus des Hauses herumführte. Aus dem Erdgeschoss drang das träge Ticken einer Uhr zu ihnen hinauf. Jedes andere Geräusch wurde vom dicken Teppich und den stoffbehangenen Wänden verschluckt.

Staub kitzelte Jack in der Nase und zu seinem Entsetzen spürte er einen Niesreiz. Verzweifelt drückte er an seiner Nase herum, bis es vorüberging. Ein Niesen an diesem Ort würde im ganzen Treppenhaus widerhallen. Er versuchte, nur durch den Mund zu atmen.

Sie schlichen auf den Flur hinaus und lauschten angespannt auf das kleinste Zeichen von Gefahr. Aber da war nichts – das Haus schien verlassen zu sein.

Jetzt, da sie drinnen waren, übernahm Ben die Führung, weil er ja schon einmal hier gewesen war. Er führte Jack zur Treppe und vorsichtig machten sie sich auf den Weg in den zweiten Stock.

Plötzlich blieb Ben stehen. Jack sah ihn fragend an. Ben tippte sich auf die Nase und tat, als würde er tief einatmen. Jack schnupperte und fing sofort einen Hauch eines seltsamen, aber kräftigen

Tiergeruchs ein. Er war in diesem vornehmen Stadthaus völlig fehl am Platze und doch war er unverkennbar.

Die Jungen folgten dem Geruch zu einer kleinen Tür. Auf der anderen Seite war eine enge Treppe, die ins Dachgeschoss hinaufführte.

Sie schlichen die Treppe hoch und fanden sich in den Dienstbotenzimmern wieder. Hier gab es keine Gemälde, ausgestopfte Tiere oder schwere, prächtige Teppiche. Alles war sehr einfach und zweckbetont und die Wände hier unter dem Dach waren schräg.

Jack blieb stehen, um einen Blick aus einem winzigen Fenster zu werfen. Unten auf der Straße wurden bei Einbruch der Dämmerung die Laternen angezündet. „Wir müssen uns beeilen“, flüsterte er Ben zu.

Sie standen auf einem Flur mit abgewetztem Teppich. Auf der rechten Seite des Flurs befanden sich ein paar einfache Holztüren. Auf Zehenspitzen schlichen die Jungen den Gang hinunter, öffneten eine Tür nach der anderen und spähten hinein. Sie fanden nichts als kahle, leere Schlafzimmer.

Schließlich war nur noch eine Tür übrig. Sie befand sich am Ende des Flurs und der Tiergeruch war hier unglaublich stark. Jack sah sich nach Ben um, dann drehte er den Türknauf und stieß die Tür vorsichtig auf.

Dahinter lag ein großer, staubiger Dachboden. Er nahm den Rest des obersten Stockwerkes ein und wurde durch drei schmutzige Fenster nur schwach erleuchtet. Das Dach wurde von mehreren Holzbalken gehalten und vor dem nackten Putz der Wände stapelten sich alte Kisten und Truhen. Der Tiergeruch war fast überwältigend, aber das einzig Lebendige in diesem Raum war ...

„Emily!“, rief Ben.

Emily saß auf dem Fußboden und war an einen der Holzbalken

gefesselt. Als sie Bens Stimme hörte, sah sie überrascht auf. Sie formte die Lippen zu einem Wort, das Jack nicht verstand, und schüttelte wild den Kopf. Jack legte Ben eine Hand auf die Schulter und hielt ihn zurück.

„Was?“, wisperte Ben, und statt einer Antwort sah Emily zur Decke.

Die Jungen folgten ihrem Blick und begriffen sofort, wovon der starke Tiergeruch ausgegangen war. An den Dachbalken hingen unzählige Fledermäuse. Ihre Flügel waren wie schwarzes Leder, ihr Fell wie rauer schwarzer Samt.

Jack vermutete, dass es Vampire sein mussten. Ben hatte gesagt, dass es ursprünglich um die hundert Fledermäuse gewesen waren. Jetzt schienen es viel mehr zu sein. Camazotz und seine Diener hatten offensichtlich eifrig neue Anhänger geschaffen.

Ben sah mit unverhohlenem Hass zu den Tieren hinauf. Jack wusste, dass er mehr sah als Vampire. Er sah den Zusammenbruch der Mexiko-Expedition, den tragischen Tod seines Vaters und Onkel Edwins und die Zerstörung von Hoffnungen und Träumen.

Einen Augenblick später kroch Ben auf seine Schwester zu und kniete sich neben sie. Ihre Hände waren hinter dem Holzbalken zusammengebunden und es dauerte ein paar Minuten, bis er sie befreit hatte. Kaum konnte sie ihre Arme wieder bewegen, schlang sie sie um ihren Bruder und umarmte ihn fest. Dann fiel ihr Blick über seine Schulter auf etwas, das sie vor Schreck aufschreien ließ. Eine Vampirfledermaus fiel von der Decke – und noch während sie fiel, schien sie sich aufzublähen und zu verwandeln. Arme und Beine kamen zum Vorschein und das Tier landete auf Füßen, die eben noch nicht da gewesen waren. Die Gestalt wurde zu einem Menschen – groß, schlank und bekleidet mit einem schwarzen Frack. Es war Mr Brown, der Butler.

Jack stand einfach nur da und starrte ihn vollkommen erstaunt an. Aber Ben war schon dabei, die verdutzte Emily zur Tür zu zerren. Als sie die Tür erreicht hatten, drehten sie sich um und sahen dem Vampir direkt ins Gesicht.
Mr Brown grinste sie mit blitzenden Vampirzähnen an. Er streckte die Hände nach ihnen aus und Jack sah, dass er anstelle von Fingern noch immer die grauenhaften Krallen einer Vampirfledermaus hatte.
„Kommt, Kinder", zischte der Butler und stürzte sich auf sie.
In diesem Moment kam Jack wieder zu sich. Er wich aus, nahm einen Holzstuhl und schlug ihn Mr Brown auf den Hinterkopf. Der Vampir taumelte und fiel zu Boden.
„Lauft!", rief Jack.
Der Butler war schon wieder dabei sich hochzurappeln, aber die Freunde rannten durch die Dachbodentür und Jack schlug sie dem Vampir vor der Nase zu, bevor er hinter Ben und Emily die Treppen hinunterjagte.
Die drei stürmten auf den Flur des zweiten Stockwerks. Die ausgestopften Tiere schienen an ihnen vorbeizufliegen, als sie zur nächsten Treppe rannten. Die Jungen konnten zwei Stufen auf einmal nehmen, aber Emily in ihrem Rock musste langsamer laufen, und sie konnten sie ja nicht zurücklassen.
Mr Brown hatte die Dachbodentür erreicht, aber er schien es nicht eilig zu haben. „Ihr braucht gar nicht so zu rennen!", rief er ihnen nach, wobei seine Vampirzähne ihn auf merkwürdige, ganz und gar nicht komische Weise lispeln ließen. „Ihr könnt nicht entkommen!"
Sie waren jetzt im ersten Stock angekommen und der Butler hatte die Treppe über ihnen erreicht. „Es gibt keinen Fluchtweg", schrie er. „Bleibt hier und schließt euch dem Herrn an!"
Die Freunde waren auf der letzten Treppe angelangt. Jack konnte

direkt vor ihnen schon die Haustür sehen. Er polterte die Stufen hinunter und schlitterte auf den Fliesen, als er die Diele erreichte. Draußen hinter der Tür war noch ein klein wenig Sonnenlicht zu sehen. Gleich würden sie in Sicherheit sein.

Ben war als Erster an der Tür. Seine Hände schlossen sich um den Knauf und zogen daran. Die Tür rührte sich nicht von der Stelle. „Sie ist abgeschlossen!", rief er. Er ruckelte noch einmal am Knauf, aber die Tür bewegte sich nicht.

Jack trat dazu und mit vereinten Kräften versuchten sie erneut, die Tür aufzubekommen. Aber sie war fest verschlossen, und so waren die Kinder gezwungen, in die Diele zurückzuweichen und verzweifelt nach einem anderen Ausgang zu suchen.

Mr Brown kam die letzte Treppe hinunter. Er hielt den Haustürschlüssel hoch und sein Grinsen schien sein Gesicht in zwei Hälften zu spalten. „Ihr gehört dem Herrn", sagte er und lachte. „Früher oder später muss sich ihm jeder anschließen."

„Hier entlang!", rief Emily und lief durch die Diele auf die Tür zu, die ins Untergeschoss und zum Dienstboteneingang dahinter führte. Aber auch diese Tür war verschlossen. Ben und Jack stemmten sich beide mit vollem Gewicht dagegen, aber die Tür war aus massivem Eichenholz und wollte nicht nachgeben.

Mr Brown hatte die untersten Treppenstufen erreicht, und die drei Freunde drückten sich an die Wand.

Da spürte Jack einen Türknauf im Rücken. Aus reiner Verzweiflung ergriff er ihn und drehte daran. Die Tür öffnete sich. Jack sprang hindurch und wäre beinahe eine enge Steintreppe hinuntergefallen. „Hier hinein!", schrie er.

„Das ist doch nur der Keller ...", begann Emily, doch Ben packte sie und schob sie durch die Tür.

Das Lächeln des Butlers erstarb und er stürzte auf sie zu. „Nein!", brüllte er voller Wut. „Ihr dürft den heiligen Ort nicht entweihen!"

Es war erstaunlich, was für ein Tempo der Vampir jetzt vorlegte, kein Vergleich zu seinem lässigen Gang kurz zuvor. Ben schaffte es kaum noch, hinter Emily durch die Tür zu schlüpfen, und er schrie auf, als eine Kralle an seinem Rücken entlangkratzte. Aber dann war er hindurch und die Freunde boten ihre letzte Kraft auf, um Mr Brown die Tür vor der Nase zuzuschlagen. Auf der Innenseite hatte die Tür ein Schloss, in dem glücklicherweise auch ein Schlüssel steckte.

Gerade in dem Augenblick, als der Butler sich von der anderen Seite gegen die Tür warf, drehte Jack den Schlüssel um. Diesmal kam ihnen die Stabilität des Eichenholzes zugute. Für den Moment waren sie in Sicherheit. Aber sie waren hinter einer Holztür gefangen, vor der ein Vampir lauerte und hinter der der einzige Weg immer tiefer in den Keller führte.

16

Die drei standen auf den obersten Treppenstufen. Ben verrenkte sich den Hals, um den Kratzer auf seinem Rücken zu betrachten. Emily trat vor und sah sich die Wunde genauer an. An Bens rechter Schulter hatte die Kralle die Jacke und das Hemd zerrissen. An einigen Stellen hatte sie sich in die Haut gebohrt und aus den Schnittwunden quoll Blut. Trotzdem sah es nicht allzu schlimm aus.

„Wir machen dir einen Verband, sobald wir hier rausgekommen sind“, sagte Emily „Aber du wirst es schon überleben.“

Jack spähte hinunter in den Keller. „Was ist das für ein Licht?“ fragte er.

Ein goldener, gelblicher Schein drang aus dem Raum am Fuße der Treppe. Jack schlich neugierig die Stufen hinunter, und als er näher kam, wurde ihm klar, dass es Kerzenlicht war.

„Er hat gesagt, der Keller sei tabu ...“, murmelte Emily, während sie Jack folgte.

„Und er hat ihn den ‚heiligen Ort‘ genannt“, fügte Ben hinzu und wäre fast über seine Schwester gestolpert, als sie und Jack am Fuße der Treppe stehen blieben.

So wie der Dachboden nach Fledermäusen gerochen hatte, roch der Keller feucht und muffig. Die Wände waren weiß getüncht, aber rußgeschwärzt. Der Boden war mit Steinplatten gepflastert. Und in den Ecken des Zimmers stapelten sich staubige Möbel und Kisten.

Jack sah sich ehrfürchtig um. Man konnte alles gut erkennen, da der Keller von hunderten von Kerzen erleuchtet wurde. Die zwei größten waren an einer Art Altar am anderen Ende des Raumes befestigt. Um den Altar zu errichten, hatte man anscheinend ein paar der Steinplatten aus dem Boden gerissen. All dies wurde überragt von einem riesigen und Furcht erregenden Steinbildnis des Fledermausgottes Camazotz. Mit ausgebreiteten Flügeln und gefletschten Vampirzähnen thronte dieses Wesen über dem Altar. In seinen Augen funkelte Hass und Jack wandte sich schaudernd ab.

Sein Blick fiel auf zwei kleinere goldene Gegenstände, die oben auf dem Altar lagen. Und dann richteten sich seine Augen auf den Altar selbst. Er war befleckt mit glänzenden Blutlachen und daneben stand eine längliche Holzkiste, die verdächtig nach einem Sarg aussah.

Plötzlich wurde Jack bewusst, dass er wie gebannt auf den Altar zugegangen war. Und Ben und Emily waren dicht hinter ihm.

„Das Blut da sieht nicht sehr alt aus", flüsterte Ben.

Jack dachte an den Zeitungsbericht, den Ben vorgelesen hatte. „Du glaubst doch nicht etwa, dass der Typ, der in Waterloo angespült wurde – der ohne Herz –, hier geopfert wurde, oder?"

„Genau das glaube ich", fuhr Ben ihn an. „Und ich glaube, es wird Zeit, dass wir hier wegkommen, bevor uns das Gleiche passiert!"

Die Tür am oberen Ende der Treppe bewegte sich. Mr Brown schien Verstärkung geholt zu haben. Jack fiel ein, dass die Sonne inzwischen untergegangen sein musste, sodass alle Vampire auf dem Dachboden nun wach sein und dem Butler zu Hilfe eilen würden. Die Freunde konnten es sich nicht leisten, jetzt noch zu trödeln.

„Da drüben", sagte Ben leise und deutete auf eine Ecke des Kellers, in der, umgeben von einer hüfthohen Mauer, der Kohlenvorrat des Hauses aufbewahrt wurde. „Da muss es auch einen

Schacht an die Oberfläche geben. So können wir rauskommen!"
Auch Jack konnte es nicht erwarten, aus dem Keller zu kommen. Er folgte Ben und Emily zum Kohlenlager und hielt instinktiv so viel Abstand von dem Altar wie möglich.
Plötzlich wich Emily entsetzt zurück. Jack und Ben drehten sich um, um zu sehen, was sie so erschreckt hatte.
„O gütiger Gott", flüsterte Ben. Jack spähte über Bens Schulter. Und dann sah er es auch: In der dunkelsten Ecke des Kellers lagen zwei Gestalten. Es waren ein Mann und eine Frau. Sie waren tot. Das also war mit Sir Donalds ehemaligen Angestellten geschehen. Sie waren dem Vampirgott Camazotz als Menschenopfer dargeboten worden.
Ben gab sich einen Ruck und wandte sich ab. Er nahm Emilys Hand und führte auch sie weg vom Altar. „Hier herüber", sagte er. Neben dem Kohlenhaufen führte ein Metallschacht hoch zu einer kleinen Luke unter der Decke.
Für Ben und Jack gab es keinen Zweifel, wer zuerst gehen sollte. Emily protestierte, aber die Jungen packten sie und schoben sie den Schacht hoch. Es war ein enger Stahltunnel, dessen Seiten schwarz und dreckig waren. Emily zog sich hoch und rutschte sofort wieder an dem blanken, glatten Metall hinunter. Sie suchte mit den Füßen nach Halt und trat gegen den Schacht. Ein metallisches Dröhnen erfüllte den Keller.
Die Jungen gaben Emily erneut einen Stoß und diesmal schaffte sie es, die Luke zu erreichen und sich das letzte Stück hochzuziehen. Die Luke war nicht verschlossen und schwang ohne Probleme auf, als sie dagegen drückte. Voller Kohlenstaub und Ruß krabbelte sie heraus. Dann drehte sie sich um, um den Jungen zu helfen.
„Nun du", sagte Jack zu Ben. „Du bist verletzt. Du hast nicht genug Kraft, mich alleine hochzuschieben, aber du kannst mich von

oben ziehen." Ben musste zugeben, dass das logisch klang. Geschoben von Jack und gezogen von Emily, schaffte er es schnell, den Schacht hinauf und ins Freie zu kraxeln. Schließlich streckten er und Emily beide dem Freund die Hände entgegen.

Jack sah sich ein letztes Mal im Keller um. Die goldenen Gegenstände auf dem Altar weckten alte Instinkte in ihm – Taschendiebinstinkte, ausgelöst durch Armut, Kälte und Hunger. Er spürte ein plötzliches Verlangen, die Wertgegenstände mitzunehmen. Der eine sah aus wie eine kleine Krone und den anderen hatte er in Adensnaps Büro auf einem Bild gesehen – es war die Fledermausstatue, die Edwin Sherwood aus Mexiko mitgebracht hatte. Wenigstens die sollte er doch mitnehmen ...

Plötzlich begann sich der Deckel der Holzkiste neben dem Altar zu heben. Jack kreischte vor Schreck und war in zwei Sekunden seinen Freunden gefolgt und durch den Schacht geklettert.

„Wir müssen hier weg!", keuchte er, sobald er draußen angelangt war.

Ben und Emily nickten und die drei liefen mit weichen Knien um das Haus herum auf die Straße.

Über ihnen wurde die Tür von Sir Donalds Haus aufgerissen. Ganz ohne Vampirzähne und Krallen stand dort Mr Brown und sah aus wie ein normaler menschlicher Butler.

„Diebe!", rief er.

Ein Ehepaar, das etwas weiter vorne die Straße entlangging, blieb stehen und drehte sich um.

„Haltet die Kinder! Haltet den Dieb!", brüllte der Butler.

Jack, Ben und Emily rannten um ihr Leben.

17

Ben und Emily liefen in westlicher Richtung über den Platz.
„Nein!“, rief Jack. „Hier entlang!“ Er packte Emily und zog sie hinter sich her. Ben folgte den beiden. Jetzt rannten sie zurück und auf die Gassen zwischen den Häusern zu.
„Da hinten geht’s zum Hyde Park“, murmelte Jack, während ihre Schritte auf dem Kopfsteinpflaster widerhallten. „In einem Park kann man sich nirgends verstecken. In dieser Richtung liegt euer Zuhause und es gibt mehr Schlupfwinkel auf dem Weg.“
Nun da die Sonne untergegangen war, wirkten die Gassen vor ihnen düster und nicht gerade einladend. Hinter ihnen hörten sie den Butler rufen: „Verfolgt sie!“
„Er hetzt die Vampire auf uns!“, jammerte Emily.
„Dann lauf schneller“, keuchte Ben.
Unzählige Flügel flatterten ihnen nach und ein seltsames schrilles Kreischen schien von den Wänden zurückgeworfen zu werden. Die Vampire hatten die Verfolgung in Fledermausgestalt aufgenommen.
Die drei rannten an Sir Donalds Gartenmauer vorbei und in eine Stallgasse hinein. Hier brachten die Leute aus den umliegenden Häusern ihre Pferde unter. In dieser Gegend war es heller. Am Himmel glühte das letzte schwache Abendrot und es gab keine großen Gebäude, die hätten Schatten werfen können.
Jack blickte zurück. Zwischen den Häusern war der rosarot leuchtende Himmel zu sehen, gegen den sich vier flatternde Fledermausgestalten abhoben. Jacks Blick sprang von einer Seite

„Da unten“, japste Ben. Er hatte Seitenstiche, denn er war es nicht gewöhnt, so zu laufen. Er machte eine Handbewegung. „Piccadilly. Viele Leute. Sicherheit.“
Jack blickte in Richtung Süden die Straße hinunter. Tatsächlich: Das geschäftige Chaos von Piccadilly Circus war nur ein paar Minuten entfernt. Und es war kurz vor zehn. Die Theaterbesucher würden bald auf die Straße strömen. Da könnten die Freunde wahrscheinlich im Gewimmel untertauchen.
Diese Menschenmenge zu erreichen war jedoch schon schwerer. Auf der Regent Street waren sie allen Blicken schutzlos ausgeliefert und die Vampire waren dicht hinter ihnen.
„Also gut“, sagte Jack. „Wir gehn' zum Picadilly, aber wir nehmen 'nen Schleichweg, wo die Fledermäuse uns schwerer zu fassen kriegen. Kommt.“
„Aber ...“, begann Ben.
Jack hatte keine Zeit zu diskutieren, also griff er mit der einen Hand nach Bens Kragen, mit der anderen nach Emilys Handgelenk und zerrte sie beide über die Straße und in eine Gasse.
Sie waren jetzt am Rande von Soho und drangen immer weiter in diesen Bezirk vor. Dies war die Gegend, die vielen Londonern ein Dorn im Auge war. Sie grenzte an die schmucken Durchgangsstraßen Regent Street, Piccadilly und Oxford Street, aber dahinter lag ein dunkles Labyrinth von Straßen und Gassen, in denen sich Londons Gesindel herumtrieb.
Jack, Ben und Emily befanden sich jetzt in einer engen, verwinkelten Gasse mit hervorstehenden Häusern, die fast ganz den Blick auf den Nachthimmel verstellten. Der Boden war schlammig und dreckig. Undurchsichtige Gestalten drückten sich in den Hauseingängen herum: die Armen Londons, die schon ihr Nachtlager aufschlugen.
Jack hatte vor, weit in das Labyrinth vorzudringen, dann wieder

nach Süden abzubiegen und von einer anderen Seite auf den Piccadilly Circus zu stoßen. Er stürzte davon. Ben und Emily stolperten ihm nach. Hinter ihnen näherten sich die kreischenden Vampire.

Vor ihnen öffnete sich eine Tür und ein flackernder Feuerschein erhellte die abendliche Gasse. Mit dem Licht drangen Lachsalven und Geschwätz nach draußen. Es war eine Art Kneipe, eine Kaschemme, gegen die die ‚Admiral Nelson' in den Docks geradezu bieder wirkte.

„Hier gehen wir rein", sagte Jack und zog Emily durch die Tür, bevor sie protestieren konnte. Ben folgte ihnen.

In der Kneipe stank es nach Tabak, Alkohol und ungewaschenen Menschen. Der Raum war voller Bauleute, Handlanger und Marktarbeiter. Irgendjemand spielte etwas auf einem verstimmten Klavier, aber bei all dem Lärm durch Gespräche und Streitereien war das Lied kaum zu hören. Unzählige Pfeifen und ein Feuer in der Ecke erfüllten die Luft mit braunem Dunst.

„Hey!" Ein paar Finger kniffen Jack und Ben in die Ohren und packten zu wie ein stählerner Schraubstock. Der Mann zog so stark an ihren Ohren, dass sie auf Zehenspitzen stehen mussten. „Ich hab' euch Straßenkindern doch schon mal gesagt, dass ihr hier nix zu suchen habt! Dies is'n anständiges Haus!"

„Anständig?", entfuhr es Ben und der Mann schlug zu allem Überfluss die Köpfe der Jungen aneinander.

„Ich lass' mir eure Frechheiten nich' gefallen. Raus mit euch, und zwar sofort! Du auch, Mädel. Raus!"

Ben und Jack wurden durch die Menge gezerrt und wieder hinaus auf die Straße geworfen. Emily war nicht weit hinter ihnen. Die Tür wurde zugeknallt und Jack suchte sofort den Himmel nach Fledermäusen ab.

Ben versuchte vergeblich, sich den Staub von der Kleidung zu

klopfen. „Pech gehabt“, sagte er. „Die einzige Kneipe in Soho, die was auf sich hält.“
„Kommt“, erwiderte Jack müde. Die Fledermäuse waren nicht zu sehen – vielleicht hatten sie für den Augenblick die Spur verloren. Er führte seine Freunde weiter durch die verwinkelten Gassen und hoffte, dass sein Ortssinn ihn nicht im Stich lassen würde. Hin und wieder erleuchtete eine Öllampe oder eine brennende Fackel ihren Weg, aber dazwischen lag die Gasse in tiefer Dunkelheit.
Emily stockte der Atem, als eine mannshohe Gestalt vor ihnen auftauchte.
„Verfluchte Gören“, murmelte der Mann und verschwand in der Nacht. Emily atmete auf.
Vor ihnen waren das Flimmern von Gaslaternen zu erkennen und der Lärm einer Menschenmenge zu hören. Jack kam es vor, als hätte er nie ein fröhlicheres Geräusch gehört. Es waren Männer und Frauen und Kinder, echte Menschen, die einen Abend in der Stadt genossen, und nicht die Anhänger eines teuflischen Gottes. Eine Minute später stolperte Jack auf die Hauptstraße. Er hatte es geschafft. Sie hatten im Labyrinth von Soho einen Bogen geschlagen und Piccadilly Circus nun doch noch erreicht.
„Geht weiter“, murmelte Jack und sie tauchten in der Menge unter. Jack warf einen Blick zurück. „Ich glaub’, wir haben sie abgehängt“, sagte er.
„Nein“, widersprach Ben. Er machte eine ruckartige Kopfbewegung nach oben. Jack folgte seinem Blick und sah einen Fledermausschwarm über ihnen. Der Schwarm teilte sich und die Fledermäuse verschwanden rechts und links in den Seitenstraßen.
Jack senkte den Blick und spähte in die Gassen. Ihm war ganz schlecht vor Verzweiflung. Vielleicht hatte er sich geirrt und Menschenmengen waren doch keine so gute Sache. Sie waren eine Bedrohung. Ständig kamen und gingen neue Menschen. Einige

der Leute, die jetzt auf den Piccadilly Circus strömten, waren vermutlich Vampire, aber wie sollte er sie erkennen, wenn sie erst einmal menschliche Gestalt angenommen hatten?
Jemand stieß ihn von hinten an und er schrie vor Schreck auf. Ein bärtiger Mann blickte ihn verständnislos an.
„Tut mir Leid, Kumpel“, sagte Jack und kam sich äußerst dumm vor.
Auch Emily und Ben hatten nachgedacht und waren zu demselben Schluss gekommen.
„Sie können überall stecken“, sagte Emily. „Überall und in jeder Gestalt!“
Ben suchte fieberhaft nach einem Fluchtweg. Er sah von links nach rechts und wieder nach links. Noch nie hatte er das Gefühl gehabt, so in der Falle zu sitzen. Dann bemerkte er eine Kutsche, die sich den Weg durchs Gedränge bahnte – kein Einspänner, sondern eine richtige Kutsche, deren Passagiere in einer geschlossenen Kabine saßen. Sein Blick fiel auf das Ehepaar dort drinnen – vornehme Herrschaften mittleren Alters –, und da kam ihm eine Idee. „Folgt mir“, sagte er zu Jack und Emily.
So schnell sie konnten, schlängelten sie sich durch die Menge. Als sie die Kutsche erreicht hatten, riss Ben die Tür auf. Er stieß Emily und Jack hinein, kletterte nach ihnen in die Kabine und zog die Tür zu, bevor das Paar in der Kutsche protestieren konnte.
Die beiden starrten die Kinder mit offenen Mündern an. Der Mann wurde ganz rot im Gesicht. „Was zum Teufel fällt euch denn ein?“, fragte er. „Fahrer! Fahrer, hören Sie ...“
„Ich hoffe, Sie haben nichts dagegen, Sir“, sagte Ben mit seiner höflichsten Stimme. „Sie müssen verstehen, es ist eine Wette. Wir müssen ans andere Ende der Stadt kommen, ohne gesehen zu werden.“
Ein zaghaftes Lächeln breitete sich auf dem Gesicht des Mannes aus. „Eine Wette, hä?“

„Also wirklich", meldete sich die Frau zu Wort, „das ist ja alles schön und gut, aber –"
„Und deshalb", unterbrach Emily sie so charmant sie konnte, „würden wir gerne für eine Weile Ihre Kutsche teilen – wir werden natürlich auch dafür zahlen ..."
„Nun ja, Cecilia", warf der Mann ein, „vielleicht sollten wir den jungen Leuten den Gefallen tun. Jungen sind nun einmal so – wenn ich auch nicht sicher bin, ob ich es gutheißen kann, dass ihr das Mädchen mit in so was reinzieht, wisst ihr." Er kniff die Augen zusammen. „Mit wem habt ihr denn gewettet?"
„Och", sagte Ben beiläufig, „mit ein paar Haudegen aus Eton ..."
„Aus Eton!" rief der Mann und pochte mit seinem Spazierstock gegen die Decke. „Fahrer! Beeilen Sie sich! Verdoppeln Sie das Tempo!" Er kicherte und drehte sich nach den Freunden um. „Ist immer gut, denen einen Denkzettel zu verpassen. Wo wollt Ihr hin?"

Die Kinder wurden von ihren neuen Freunden fast am Eingang zum Bedford Square abgesetzt. Als sie aus der Kutsche kletterten, waren keine Fledermäuse oder sonstigen Verfolger in Sicht.
„Was war das mit Eton?", fragte Jack, als sie die letzten Schritte bis zu Bens und Emilys Haustür gingen. „Was ist das?"
„Eine Eliteschule", erklärte Ben. „Ich hab die Krawatte gesehen, verstehst du, und dadurch wusste ich, dass er auf die Winchester Schule gegangen ist, wie mein Vater. Die beiden Schulen waren schon immer verfeindet, also dachte ich mir, er würde der Versuchung, Eton eins auszuwischen, nicht widerstehen können."
„Oh, ich verstehe", sagte Jack. Wie schon so oft in diesen Tagen konnte er einen kurzen Blick in eine Welt erhaschen, von der er vorher nichts gewusst hatte, aber er ging nicht weiter auf Bens Erklärung ein.

Bald standen sie nebeneinander auf der Straße und blickten zum Haus der Coles hinauf.
„Das wird bestimmt kein Vergnügen", murmelte Ben, als sie die Stufen hinaufgingen und er die Tür aufschloss.
Mrs Mills stürzte sich auf sie. Sie war keine große Frau, aber dennoch ein beeindruckender Anblick, als sie sich vor den Kindern aufbaute, ganz in Respekt einflößendem Schwarz gekleidet.
„Master Benedict! Miss Emily! Wo waren Sie nur?", rief sie. „Wissen Sie, wie spät es ist? Und wie Sie aussehen! Was haben Sie nur gemacht? Das Abendessen können Sie vergessen. Sie werden jetzt sofort in Ihre Zimmer gehen und ..." Zum ersten Mal fiel ihr Blick auf Jack, der sich im Hintergrund herumdrückte. „Und wer ist das?" Sie kniff die Augen zusammen.
Emily versuchte, etwas zu sagen. „Wir –"
Mrs Mills legte sofort einen Finger auf ihre Lippen. „Nein, Miss Emily, heute Abend nicht mehr. Und was Sie betrifft, Master Benedict, Sie haben offensichtlich nichts Gutes im Schilde geführt ..."
„Wie Recht Sie haben, Mrs Mills", bemerkte eine Männerstimme.
Wie auf Kommando drehten sich alle um, um den Neuankömmling zu sehen, und Mrs Mills schnappte überrascht nach Luft.
„Was für eine unerwartete Ehre", rief sie. „Was können wir für Sie tun, Sir Donald?"

18

Geschniegelt und elegant wie Sir Donald selbst kam Camazotz in schwarzem Mantel und Zylinder die Treppe hoch. Seine Augen glimmten rot.

Zu spät wurde Ben klar, dass es falsch gewesen war, nach Hause zu kommen. Mr Brown hatte ihn sicher erkannt und natürlich wusste Camazotz, ausgestattet mit Sir Donalds Erinnerungen, genau, wo Ben und Emily wohnten. Dann fiel Ben ein, dass Camazotz eine Einladung brauchte, um ein Privathaus zu betreten. Schnell scheuchte er Jack und Emily ins Haus, vorbei an Mrs Mills, die immer noch in der Tür stand. Sobald er sich versichert hatte, dass alle im Haus waren, drehte sich Ben um und trat dem Vampirgott gegenüber.

„Wie erfreulich, Sie wiederzusehen, Sir!“, sagte Mrs Mills gerade ziemlich nervös. „Ich hatte keine Ahnung, dass die Expedition schon zurück ist. Ist Mr Cole bei Ihnen? Natürlich kann ich –“

„Danke, Mrs Mills, danke.“ Camazotz war auf der obersten Treppenstufe angekommen. „Ich wünschte, ich wäre ebenso erfreut, hier zu sein. Leider aber muss ich Ihnen mitteilen, dass Master Benedict sich heute sehr schlecht benommen hat.“

Mrs Mills sah Ben stirnrunzelnd an. „Wie das, Sir Donald?“

„Ich habe guten Grund anzunehmen, dass diese drei jungen Leute heute Nachmittag in mein Haus eingebrochen sind“, erklärte Camazotz.

Mrs Mills sah die Kinder entsetzt an. „Master Benedict! Wie konnten Sie nur?“, fragte sie.

„Ich ...“, begann Ben.
Camazotz lächelte. „Nun, Mrs Mills, ich bin sicher, es steckte nichts als jugendlicher Übermut dahinter. Und wenn ich für einen Moment hereinkommen dürfte, könnten wir die Sache ganz gewiss in aller Freundschaft regeln.“
„Nun ja, Sir Donald –“, antwortete Mrs Mills langsam.
„Nein!“, rief Ben, trat einen Schritt nach vorne und funkelte Camazotz, der jetzt unmittelbar vor der Tür stand, wütend an. „Sie dürfen nicht reinkommen!“
„Also wirklich, Master Benedict!“, sagte Mrs Mills verzweifelt. „Sir Donald, Sie können –“
„Sie dürfen nicht reinkommen!“, beharrte Ben. „Es tut mir Leid, Mrs Mills, ich wollte es nicht sagen“, er warf Camazotz erneut einen wütenden Blick zu. „Aber dieser Mann und mein Vater hatten in Mexiko eine ... Meinungsverschiedenheit. Er ist der Grund, weshalb ich früher zurückgekommen bin. Sie sind Feinde geworden. Mein Vater hat sich klar ausgedrückt, Mrs Mills. Sir Donald wird in unserem Haus nie wieder willkommen sein.“
Camazotz setzte ein verdutztes Lächeln auf und sah Mrs Mills achselzuckend an. „Was soll ich dazu sagen, Madam? Ich habe keinen blassen Schimmer, wovon der junge Mann spricht. Vielleicht hat ihm irgendein tropisches Fieber den Kopf verdreht ...“
„Tja ...“ Zum ersten Mal wirkte die Haushälterin verunsichert. „Es ist doch Sir Donald, Master Benedict. Er war immer ein Freund Ihres Vaters.“
„Jetzt ist er aber nicht mehr der Freund meines Vaters“, erklärte Ben mit Entschiedenheit.
Ein dunkles, heftiges Knurren erfüllte die Nacht. Es schien aus einer viel größeren Kehle zu kommen als der Sir Donalds, aber als Camazotz wieder das Wort ergriff, bediente er sich Sir Donalds normaler Stimme. „Sie haben mein Eigentum.“

„Ich habe gar nichts von Ihnen“, blaffte Ben ihn an. Und mit einer Bestimmtheit, wie Jack und Emily sie noch nie bei ihm erlebt hatten, trat er bis auf die Türschwelle vor und sah dem Vampirgott in die Augen. „Nun.“ Seine Stimme war kaum mehr als ein Fauchen. „Hör mir zu. Der Herr des Hauses sagt, dass du nicht eintreten darfst! Verschwinde!“

Camazotz’ Augen hatten sich zu roten Schlitzen verengt. „Dein Vater und Sherwood dachten, sie könnten mich bekämpfen, und sie sind gescheitert. Glaubst du wirklich, dir wird es besser ergehen?“

Ben lächelte, trat einen Schritt zurück und schlug ihm die Tür vor der Nase zu. Kurz darauf hörten sie, wie sich seine Schritte entfernten.

Mrs Mills, Emily und Jack standen einfach nur da und starrten Ben an. Er lächelte siegessicher und sah stärker und selbstbewusster aus, als Jack ihn je gesehen hatte.

„Mrs Mills, wir werden jetzt unser Abendessen einnehmen“, sagte Ben. „Seien Sie so nett und lassen Sie Evans den Tisch für drei decken.“ Er legte einen Arm um Jacks Schultern. „Das ist unser Freund Jack. Er wird für ein paar Tage bei uns wohnen, also beauftragen Sie bitte Tillet, das Gästebett für ihn zu richten, während wir essen.“

Jack schluckte und blinzelte heftig. Zum ersten Mal seit Jahren fühlte er, wie sich seine Augen mit Tränen füllten, und er war entschlossen, es sich nicht anmerken zu lassen.

„Und ich habe mir heute die Schulter verletzt“, fügte Ben hinzu, „also möchte ich Sie bitten, sich das mal anzugucken.“

Mrs Mills Mund bewegte sich ein- oder zweimal, wie ein Fischmaul. Der neue Ben hatte etwas an sich, das keine Einwände zuließ. „Also gut, Master Benedict“, sagte sie. „Das Abendessen wird in einer halben Stunde serviert. Wenn Sie sich oben in Ihren

Zimmern fertig machen wollen, bringe ich Ihnen etwas warmes Wasser hoch."

Jack und Ben saßen in Bens Zimmer, während Mrs Mills sich um Bens Verletzung kümmerte. Ben sog scharf den Atem ein, als sie die Schnittwunde säuberte.
„Es ist ein ganz schön übler Kratzer", sagte sie. „Sie sollten vorsichtiger sein. Was auch immer dies verursacht hat, es hat eine gute Jacke ruiniert." Sie verband die Wunde und stand auf. „So, damit wären Sie versorgt. Versuchen Sie, Ihren Arm in den nächsten Tagen nicht zu stark zu bewegen."
Mrs Mills ging zum Kleiderschrank hinüber und holte zwei Hosen heraus. Sie betrachtete sie genau, dann schüttelte sie den Kopf und legte eine Hose zurück. Die Hose, die sie noch in der Hand hielt, reichte sie Ben und zog für Jack eine andere aus dem Schrank.
„Es scheint mir, Sie haben etwas längere Beine als Master Benedict", sagte sie zu ihm. „Diese wird Ihnen besser passen. Master Benedict kann Ihnen zeigen, wo die sauberen Hemden sind. Jetzt gehe ich, damit Sie sich in Ruhe umziehen können."
Jack hätte schwören können, dass sie ihm zaghaft zulächelte und zuzwinkerte, als sie an ihm vorbeiging. Plötzlich wurde ihm klar, dass Mrs Mills eigentlich ganz froh war, noch für einen weiteren Jungen sorgen zu können.
In der Tür blieb sie noch einmal stehen. „Ihr Vater hat mir die Verantwortung für Sie übertragen, Master Benedict. Ich erwarte zu gegebener Zeit noch eine Erklärung", sagte sie.
„Die werden Sie bekommen", antwortete Ben freundlich. „Zu gegebener Zeit."

Die Freunde konnten nicht offen sprechen, während die Dienst-

mädchen noch das Abendessen servierten. Emily wartete ungeduldig, bis sie die Suppe auf die Teller gefüllt hatten und den Raum verließen. Dann lächelte sie und sah Ben an. „Camazotz hat gedacht, du würdest lügen", sagte sie fröhlich. „Du hast nicht gewusst, dass er Recht hatte, oder?"
Ben runzelte die Stirn. „Was meinst du?"
Emily lachte und hielt triumphierend das Tagebuch hoch.
Ihr Bruder riss es ihr voller Freude aus der Hand. „Vaters Tagebuch!", rief er.
„Ich wollte es euch erzählen", sagte Emily. „Aber ich hatte ja noch keine Gelegenheit. Der Butler hat mich erwischt, aber erst, als ich das Tagebuch schon gefunden und in meiner Schürze versteckt hatte. Und seht euch das an." Sie langte über den Tisch und schlug das Buch auf, sodass sie es alle sehen konnten. Die Seiten waren voller Tabellen mit Symbolen und Buchstaben. „Das ist die Übersetzungstabelle, die Vater ausgetüftelt hat", erklärte Emily. „Ich glaube, wenn wir jene Beschwörungsformel von Professor Adensnap bekommen können, dann können wir sie hiermit übersetzen!"
„Oh, Emmy!", rief Ben glücklich. „Das sind ja großartige Neuigkeiten. Das bedeutet, wir haben noch eine Chance, Camazotz zu besiegen!"
„Was steht denn sonst noch in dem Tagebuch?", fragte Jack.
„Ich sehe es mir mal an, während wir essen", antwortete Emily.
„Und was sollte das ganze Gerede vom ‚Herrn des Hauses'?" wollte Jack von Ben wissen.
Ben zuckte die Achseln. „Mrs Mills hat nicht kapiert, was ich meinte, aber Camazotz schon. Jetzt, da Vater tot ist, bin ich der Herr des Hauses. Und plötzlich erinnerte ich mich an etwas, das Vater mir in Mexiko erzählt hatte – Vampire können ein Privathaus ohne Einladung nicht betreten. Ich weiß noch, Camazotz

brauchte sogar eine Einladung, um aufs Schiff zu kommen. Also war mir klar, dass er hier nicht reinkommen könnte, ohne dazu aufgefordert zu werden.“ Er schauderte. „Und Mrs Mills war drauf und dran, genau das zu tun – also musste ich ihm unmissverständlich klar machen, dass er hier nicht willkommen ist.“

„Na, das ist doch eine weitere gute Nachricht“, sagte Jack. „Jetzt wissen wir wenigstens, dass wir in diesem Haus vor Camazotz und seinen Vampiren sicher sind.“

Ben nickte und wandte sich an Emily. Sie hatte das Notizbuch gegen den Wasserkrug gelehnt und war offensichtlich ganz in die Lektüre versunken. „Was steht denn nun im Tagebuch?“, fragte er.

„Anscheinend waren die Hieroglyphen am Höhleneingang in zwei Abschnitte eingeteilt“, begann Emily. „Die obere Reihe war wie eine Zusammenfassung, und die hat Vater übersetzt. Er war noch dabei, den Rest zu entschlüsseln ...“

„Ja, aber wie lautet denn nun seine Übersetzung?“, fragte Ben ungeduldig.

Emily sah stirnrunzelnd auf die Tagebuchseiten. „Es klingt alles ziemlich großspurig. ‚Wehe euch, bedauernswerte Reisende, die ihr zu diesem Ort vorgedrungen seid ...‘ Das Meiste wissen wir schon. Camazotz wurde verbannt, wie der Professor gesagt hat. Chacs Priester haben ihn für ein Jahrtausend in diese Höhle und in den Schlaf geschickt, mithilfe des Rituals, von dem der Professor gesprochen hat, vermute ich. Hier wird beschrieben, wer Camazotz ist und wie er sich verhält. Er und seine Diener können sich verwandeln – von der Fledermaus zum Menschen und wieder zurück ...“

„In Mexiko hat er die Leute nur umgebracht“, sagte Ben. „Aber er kann auch neue Vampire erschaffen. Steht da, wie er das macht?“

Emily überflog die Notizen. „Meistens trinkt er nur Blut“, bestätigte sie. „Und das tun auch alle seine Diener. Sie können selbst von Tieren leben, wenn es sein muss. Aber sie können Menschen auch in Vampire wie sie selbst verwandeln."

„Ja, aber wie?", fragte Ben schrill. „Wie?"

Emily schien überrascht von seiner Heftigkeit. „Nun ja, wenn ein Mensch dreimal von einem Vampir gebissen wird ...", sie starrte auf die Seite, „dann wird diese Person selbst zu einem Vampir. Wenn eine Person weniger als dreimal gebissen wird, dann wird sie einfach krank und stirbt meistens."

Ben stieß einen Seufzer der Erleichterung aus. „Gott sei Dank", sagte er.

Emily schlug sich die Hand vor den Mund. „Du hast an Vater gedacht! Du hast gedacht, er könnte ein Vampir sein! Oh, Ben, das ist furchtbar!", schrie sie.

„Aber er ist keiner", sagte Ben. „Er wurde nur einmal gebissen. Er ruht also in Frieden."

„Und morgen", warf Jack ein, „können wir mit der Übersetzung zum Professor gehn' und sehn', ob wir Camazotz nicht für ein weiteres Jahrtausend zur Ruhe betten können!"

19

Jack schreckte aus dem Schlaf hoch. Für einen Moment lag er ganz still, bis langsam die Erinnerung zurückkam und er wieder wusste, wo er war. Er hatte von Fledermäusen, Staub und feurigen Augen geträumt, aber ein Teil von ihm hatte die ganze Zeit gewusst, dass er in Sicherheit war, solange er sich in einem Haus befand. Es kam Jack seltsam vor, in einem richtigen Bett zu liegen. Er schlief im Gästezimmer der Coles und das Bett war weich und warm und gemütlich, aber um ihn herum gab es so viele unbekannte Gegenstände und saubere Gerüche, die vollkommen neu für ihn waren.

Sein Blick blieb an den grauen Umrissen des Stuhls neben seinem Bett hängen und an dem dunkleren grauen Fleck, von dem er wusste, dass es der Kleiderhaufen war, den Mrs Mills für ihn herausgelegt hatte. Und während sich seine Augen an die Dunkelheit gewöhnten, horchten seine Ohren angestrengt auf irgendein Geräusch, das ihn geweckt haben könnte. Seine Instinkte, geschärft durch zwölf Jahre Straßenleben in London, sagten ihm, dass etwas nicht in Ordnung war.

Dann hörte er es wieder. Es war nur ein kaum wahrnehmbares Tapsen vorsichtiger Schritte auf der Treppe. Aber es war nach Mitternacht und Jack wusste, dass alle schon oben waren. Wer also war dieser Fremde?

Er schlüpfte aus dem Bett und schlich leise durch das Zimmer. Er erreichte die Tür und öffnete sie behutsam, nur einen Spalt weit. Sein Zimmer lag am Ende der ersten Treppe. Von der Diele schien

weißes Mondlicht das Treppenhaus hinauf, und auf halber Höhe stand eine dunkle Männergestalt. Für einen Moment schlug Jack das Herz bis zum Hals, aber dann erinnerte er sich und grinste – soviel er wusste, hatte noch keiner von ihnen einen Vampir ins Haus gebeten. Wer auch immer dort die Treppe heraufkam, es konnte nur ein Mensch sein. Er ließ die Gestalt näher kommen ...
Gerade als der Mann die letzte Treppenstufe erreicht hatte, sprang Jack ihm in den Weg. Der Flur hinter ihm lag im Dunkeln und so musste er in seinem Nachthemd wie eine bleiche, geisterhafte Gestalt erscheinen. Er riss die Arme in die Höhe. „Buuuuuh!"
Der Mann schrie, machte einen Schritt zurück und verfehlte eine Treppenstufe. Er polterte rückwärts die Treppe hinunter und schlug unten gegen den Gong in der Diele. Das Dröhnen hallte im ganzen Haus wider. Jack rannte flink die Treppe hinunter und stürzte sich auf den Eindringling. Der Mann atmete hastig und brach dann zusammen. Jack drückte ihn in Bauchlage auf den Teppich und setzte sich rittlings auf ihn. Er packte den Arm des Mannes und verdrehte ihn hinter seinem Rücken, bis zum Schulterblatt.
„Bleib einfach schön ruhig liegen", sagte er.
Auf dem Treppenabsatz tauchte ein Lichtschein auf. Ben kam langsam zu Jack hinunter, eine Lampe in der einen Hand und einen Schürhaken in der anderen. Emily folgte ihm.
„Ein ungebetener Gast", sagte Jack fröhlich.
Emily und Ben drängten sich um ihn und starrten ihn an. Der Mann lag hilflos am Boden und schielte zu ihnen hinauf. Er sah sehr gewöhnlich aus. Er hatte ein stoppeliges Gesicht und schütteres Haar. Seine Kleidung war schmutzig und er stank nach Tabak.
„Er hat dich in irgend so einem Obdachlosenasyl aufgegabelt, stimmt's?", fragte Jack fordernd. „Er lässt wirklich nix unversucht."

Die Augen des Mannes schossen von einem unfreundlichen Gesicht zum nächsten. „Wen meint ihr denn überhaupt?“, fragte er.
„Sir Donald“, sagte Ben ruhig.
„Ich weiß nich’, wer –“
„Ein gediegen aussehender Typ“, unterbrach ihn Jack. „Mit ’nem Zylinder und ’nem Schnurrbart.“
Der Mann sagte nichts, aber sie alle sahen die Erinnerung in seinen Augen aufflackern.
„Wer ist da? Master Benedict, sind Sie das?“ Oben flackerte eine weitere Lampe. Mrs Mills trat aus dem Schatten und kam langsam die Treppe herunter. Hinter ihr waren die Umrisse von Tillet und Evans zu erkennen. Mrs Mills fuhr erschrocken zusammen, als sie die kleine Gruppe in der Diele sah.
„Wir haben einen Landstreicher gefangen, Mrs Mills“, sagte Ben zu ihr. „Nichts von Bedeutung.“
Mrs Mills war entsetzt. „Nichts von Bedeutung? Es ist skandalös! Dies ist ein anständiger Haushalt! Wir werden unverzüglich die Polizei rufen ...“
„Nein“, sagte Ben sofort. „Niemand verlässt das Haus.“
„Aber Master Benedict ...“
Jack und Emily warfen sich einen Blick zu. Ein jeder von ihnen würde sich in Gefahr begeben, wenn er das Haus verließe. Draußen wären sie alle Freiwild für Camazotz – und das galt auch für den Landstreicher. Sie konnten sich denken, wie Camazotz einen Misserfolg belohnen würde, und das hatte nicht einmal ein Einbrecher verdient.
Aber Mrs Mills wusste nichts von der Gefahr, und die Polizei zu rufen hielt sie für das Naheliegendste in dieser Situation. Emily wurde klar, dass sie Mrs Mills überzeugen mussten, bis zum Tagesanbruch zu warten. Schnell ließ sie sich etwas einfallen. „Es kann doch sein, dass er da draußen Freunde hat, Mrs Mills“, gab sie zu

Bedenken. „Vielleicht lauern da noch mehr Männer, die nur darauf warten, uns zu überfallen. Nein, ich denke, Ben hat Recht. Wir sollten bis morgen früh warten."
„Aber ich habe nicht ...", begann der Einbrecher und Jack setzte ihm lässig einen Fuß aufs Gesicht. „Mmph!"
Mrs Mills verzog den Mund, aber die Kinder konnten sehen, dass Emilys logische Erklärung wirkte.
„Jack, wir beide werden diesen Mann in der Küche fesseln", sagte Ben. „Du! Wie bist du hier reingekommen?"
„Mmph", sagte der Einbrecher wieder, bis Jack den Fuß von seinem Mund nahm. „Speisekammerfenster", murmelte der Landstreicher mürrisch.
„Dann werden wir die Speisekammer und auch jedes andere Zimmer im Erdgeschoss, das ein Fenster nach draußen hat, verschließen. Morgen früh werden wir die Polizei holen", verkündete Ben.
Sobald sie den Einbrecher dingfest gemacht und das Haus gesichert hatten, nahm Jack Ben beiseite. „Camazotz greift zu extremen Maßnahmen", sagte er. „Er muss Angst vor uns haben. Was bedeutet, dass wir uns doppelt in Acht nehmen müssen."
„Mach dir keine Sorgen, Jack. Jetzt kommt kein Einbrecher mehr ins Haus", sagte Ben beruhigend. „Und wir machen niemandem mehr die Tür auf. Für heute Nacht sind wir sicher."
„Und morgen?", fragte Jack.
„Ich nehme an, die Sonne wird aufgehen. Das macht sie meistens", sagte Ben fröhlich. „Und nun schlaf noch etwas und hör auf, dich zu sorgen. Wir werden Camazotz schon bald loswerden."
Aber Jack hatte das ungute Gefühl, dass die Schwierigkeiten gerade erst begonnen hatten.

20

„Fantastisch!“, rief Professor Adensnap. Er hielt das Tagebuch in den Händen und wendete es hin und her, als könnte er kaum glauben, dass es echt war. „Das ist ja kostbar wie Goldstaub! Nein! Wertvoller noch!“

Der Morgen hatte mit strahlendem Sonnenschein begonnen, die Polizei war gerufen worden und Ben hatte mit Erleichterung beobachtet, wie der Landstreicher verhaftet wurde. Sobald das erledigt war, waren die Freunde zum Museum geeilt, um Professor Adensnap aufzusuchen.

Inzwischen war es elf Uhr und Jack, Ben und Emily saßen erneut zusammengequetscht auf dem Sofa im Büro des Professors, während Adensnap selbst vollkommen begeistert Harrison Coles Tagebuch studierte.

„Bedeutet das, Sie glauben unsere Geschichte, Professor?“, fragte Emily, die sich noch gut an die Zweifel erinnerte, die Adensnap am Vortag geäußert hatte.

Adensnap sah sie über seine Brillengläser hinweg an. „Meine Liebe, ich kann nur sagen, ich glaube, dass ihr heute mit einem unbezahlbaren sprachwissenschaftlichen Hilfsmittel in meinem Büro erschienen seid, das ihr gestern noch nicht hattet. Ihr habt mir erzählt, wie ihr an dieses Hilfsmittel gekommen seid, und ich habe keinen Grund, an diesem Bericht zu zweifeln. Aber ein Teil von mir hofft immer noch, dass das alles ein ausgeklügelter Schwindel ist.“

„Bringt es uns denn weiter, Professor?“, fragte Ben ungeduldig. „Können Sie das Ritual jetzt übersetzen?“

„Geduld, Master Cole, Geduld. Gucken wir uns das Ganze mal an, okay?“ Der Professor holte das Pergamentpapier des spanischen Missionars hervor, auf dem das Verbannungsritual beschrieben war. Er breitete das Papier auf seinem Schreibtisch aus, schlug das Tagebuch auf und legte die beiden nebeneinander. Seine Finger fuhren die Hieroglyphen des Rituals entlang und wanderten dann durch die Übersetzungstabelle, die Harrison Cole mit so viel Sorgfalt entwickelt hatte. Seine Lippen bewegten sich lautlos.

Die Freunde hielten den Atem an.

„Hmm“, murmelte Adensnap.

Dann: „Aha ...“

Und dann wieder „Hmm“.

„Bitte, Professor!“, platzte es aus Emily heraus.

Adensnap sah auf und seufzte. „Um es kurz zu machen, ja, ich denke, ich werde es übersetzen können“, sagte er. „Aber es wird etwas dauern. Euer Vater hat nicht damit gerechnet, dass irgendjemand außer ihm diese Notizen verwenden würde. Ich bin sicher, er hatte vor, seine Arbeit nach seiner Rückkehr ins Reine zu schreiben, damit auch andere sie verstehen könnten. Aber im Augenblick sind diese Notizen ungeordnet, seine Anmerkungen sind sehr eigentümlich und seine Handschrift ist, man muss es einfach sagen, nicht gerade eine der besten. So schnell wird das alles nicht gehen, darauf müsst ihr euch gefasst machen.“

„Vielleicht kann ich Ihnen behilflich sein, Sir?“, schlug Emily vor. „Ich kenne die Handschrift meines Vaters und habe mich schon selber etwas mit den Notizen befasst. Schauen Sie her.“

Sie ging zum Schreibtisch des Professors hinüber und beugte sich über das Pergament. „Sehen Sie, es gibt zwei Arten von Schriftzeichen. Einige von ihnen sind einfach Symbole, die für ganze Wörter stehen, aber der Rest entspricht einzelnen Silben, sodass

man mehrere Zeichen zu Wörtern zusammensetzen muss. Es ist nicht immer klar, um welche Art von Zeichen es sich handelt."
Adensnaps Augen weiteten sich hinter seinen Brillengläsern. „Du meine Güte! Was für ein gebildetes junges Mädchen! Und ich glaube auch, dass dies kein einfaches ABC ist." Er zeigte auf einen kleinen Absatz von Hieroglyphen. „Ich könnte mir vorstellen, dass dieses Symbol für sich genommen mehrere Bedeutungen haben kann und dass das nachfolgende Symbol beschreibt, welche Bedeutung hier gemeint ist."
„Genau das habe ich auch gedacht, Professor", stimmte ihm Emily begeistert zu. „Außerdem ..."
Da haben sich ja zwei gefunden, dachten die Jungen, die etwas ausgeschlossen und verlassen auf dem Sofa saßen.
„Und? Kommt ihr voran?", fragte Jack betont lässig.
„... die Silben scheinen einer harmonischen Sprachmelodie zu folgen, sodass der Vokal der letzten Silbe dem Vokal der unmittelbar vorangehenden Silbe entspricht ...", erklärte Emily.
„Wir warten einfach hier, okay?", warf Ben ein.
„... Aber Worte mit unterschiedlichen Vokalen in den letzten zwei Silben enden vielleicht auf den letzten Konsonanten ...", betonte der Professor.
„Ich meine, kümmert euch einfach nicht um uns ..." sagte Jack.
„... Tatsächlich. Also muss es irgendwelche Indikatoren dafür geben, dass der letzte Vokal stimmhaft ist, wie hier", fuhr Emily fort.
„Komm, Jack." Ben stupste Jack an . „Ich zeig' dir das Museum."

„Sonnenuntergang!", rief Adensnap ein paar Stunden später, als Ben und Jack die Tür zu seinem Büro öffneten. „Das ist es!"
Die Jungen warfen sich einen Blick zu und schlüpften ins Zimmer. Ben hatte Jack die Elgin Marbles gezeigt, jene Marmorfriese,

die einst die Fassade des Parthenon-Tempels in Athen schmückten. Jack war erleichtert gewesen zu erfahren, dass es auch alte Kulturen ohne Menschenopfer für Dämonen-Götter gegeben hatte. Aber keiner der Jungen konnte sich wirklich auf die Kulturschätze konzentrieren. Beide dachten sie an ihren Kampf gegen Camazotz und hofften, dass es Emily und dem Professor gelingen würde, das alte Verbannungsritual zu übersetzen, das vielleicht der Schlüssel zu ihrem Erfolg sein könnte.

„Siehst du", sagte der Professor. Er deutete auf eine Hieroglyphe. „Wir wissen, dass dies Sonnenaufgang heißt, also muss das andere Sonnenuntergang sein."

„Und somit", fuhr Emily fort, „heißt das Ganze dann ‚Pflücke die Rose bei Sonnenuntergang und zerdrücke die Blätter ...'"

„Ganz genau, meine Liebe! Oh, hallo." Adensnap hatte endlich aufgesehen und die wartenden Jungen bemerkt. „Gute Neuigkeiten, Leute. Ich glaube, wir haben es."

„Rosen bei Sonnenuntergang?", fragte Ben.

„Äh, ja", bestätigte Adensnap. „Wisst ihr, das Verbannungsritual scheint aus einer Beschwörungsformel und einem Zaubergebräu zu bestehen."

„Wir brauchen beides", erklärte Emily. „Die Worte für die Beschwörungsformel haben wir schon, aber wir müssen noch ein Zaubergebräu zubereiten."

„Was für ein Zaubergebräu?", wollte Ben wissen.

„Eins mit Rosen, nehm ich an", warf Jack ein.

„Aber nicht irgendeine Rose", sagte Ben langsam. „Ihr meint die Blutrose, nicht wahr? Deshalb ist sie auch auf dem Pergament abgebildet."

„Genau", stimmte Adensnap zu. „Rosa sanguina oder la rosa de la sangre, wie unser Jesuit sie nennt. Er sagt hier, es sei ein Strauch, dessen Dornenstiche Gift für Camazotz' nachtaktive Diener sind

„Mein Kollege sagt, er kenne einen Botaniker, der eine Sondergenehmigung habe, dort einige Blutrosen zu züchten", erklärte Adensnap. „Der Typ sammelt Rosen, aber diese Sorte kommt mit unserem Klima nicht zurecht."
Er nahm das Flugblatt wieder an sich und stopfte es in eine seiner Taschen. „Heute Abend bei Sonnenuntergang müssen wir in Kew sein."

Der Tag verging quälend langsam. Das alte Pergament schrieb vor, dass die Rose bei Sonnenuntergang gepflückt werden musste, also blieb ihnen nichts anderes übrig, als bis dahin zu warten. Es war der letzte Tag im Mai. Nach dem Kalender des Professors würde die Sonne um 21:06 Uhr untergehen.
Ben schrieb eine Nachricht für Mrs Mills, in der er ihr versicherte, dass alles in Ordnung sei und sie sobald wie möglich nach Hause kommen würden. Dann drückte er einem Jungen einen Penny in die Hand und bat ihn, den Brief beim Haus am Bedford Square abzugeben.
Schließlich beschloss der Professor, dass es an der Zeit war, sich auf den Weg zu machen. Doch bevor sie das Büro verließen, drehte er sich zu Ben um und musterte seinen jungen Freund ernst. „Master Cole", sagte er finster. „Du hast Camazotz bisher immer ausgetrickst."
Ben war sehr zufrieden mit sich. Aber die nächsten Worte des Professors änderten das schnell.
„Der Camazotz der Legende würde keine deiner Beleidigungen vergeben", warnte ihn Adensnap. Er tippte Ben mit seinem Regenschirm leicht auf die Brust. „Ich fürchte, du bist jetzt der größte Feind dieses Dämons. Vergiss das nicht. Und sieh dich vor!"

21

Die Freunde warteten draußen vor dem Museum, während der Professor eine Kutsche herbeiwinkte, die sie nach Kew bringen sollte. Ein Kutscher bemerkte den Professor, steuerte seinen Wagen zu ihnen hinüber und hielt an der Bordsteinkante.

Als die Kutsche vorfuhr, hatte Jack das ungute Gefühl, beobachtet zu werden. Schnell blickte er sich um, aber alles, was er sehen konnte, war das übliche Gedränge: Wie jeden Tag wimmelte es hier von Menschen, die den Bürgersteig entlangschlenderten, Zeitungen kauften, Kutschen herbeiriefen. Er redete sich ein, dass es keinen Grund zur Sorge gab – bei so vielen Leuten war es schließlich unvermeidbar, dass ihn auch einmal jemand ansah –, aber er konnte sein Unbehagen nicht ganz abschütteln.

Er ließ seinen Blick auf die andere Seite der Straße schweifen, aber gerade in dem Moment kam die Kutsche vor ihm zum Stehen und versperrte ihm die Sicht. Für den Bruchteil einer Sekunde glaubte er eine große, dunkle Gestalt gesehen zu haben, die in seine Richtung blickte, aber vielleicht hatte er sich das auch nur eingebildet. Er tröstete sich damit, dass es immer noch recht hell war und noch keine Vampire draußen sein dürften. Und dann brachte ihn ein anderer Gedanke zum Grinsen: Vielleicht hatte irgendein Straßenjunge ihn und seine eleganten neuen Kleider in Augenschein genommen – genauso wie Jack selbst früher andere in Augenschein genommen hatte.

„Nach euch", sagte der Professor fröhlich und Ben, Jack und Emily kletterten in die Kutsche.

Der Fahrer schien erfreut, eine so lange Fahrt übernehmen zu

„Wir suchen die Blutrose. Wissen Sie, wo wir die finden?“
„Blutrose, Sir?“ Der Mann kratzte sich am Kopf. „Ich helfe nur die Grünanlagen in Schuss zu halten. Da müssen Sie jemanden fragen, der –“
„Schon gut“, unterbrach ihn Adensnap barsch. „Lassen Sie uns mal machen, guter Mann. Wir werden schon finden, was wir suchen, keine Bange.“
Der Wärter schien nicht gerade begeistert von der Idee, sie alleine herumstreunen zu lassen, aber seine Ehrfurcht vor einem echten Professor war offenbar stärker als seine Bedenken. „Da haben Sie Recht, Sir“, sagte er. Er zog ein Schlüsselbund heraus und durchsuchte die klimpernden Schlüssel nach dem richtigen. Dann schloss er die Tür auf. „Ich warte draußen am Tor auf Sie – ich meine, wenn Sie fertig sind, Sir“, fügte er höflich hinzu, bevor er sich auf den Rückweg durch die Gärten machte.
Nacheinander betraten die Freunde das Palmenhaus und die warme, feuchte Luft der Tropen schlug ihnen entgegen.
„Puh!“, sagte Jack. Er fächerte sich mit der Hand Luft zu, aber das brachte überhaupt nichts. „War es in Mexiko auch so heiß?“
„Heißer“, antwortete Ben leise. „Es fühlte sich an, als wenn einem die Luft aus den Lungen gesaugt wurde. Wir schwitzten aus jeder Pore, aber die Luft war schon so feucht, dass der Schweiß nicht verdunsten konnte. Daher fühlten wir uns, als wären wir in einem riesigen Dampfbad gefangen.“ Bens Gesicht verdüsterte sich, als er an seine Erlebnisse im mexikanischen Dschungel zurückdachte.
Emily legte eine Hand auf den Arm ihres Bruders. „Wenigstens ist Camazotz jetzt nicht hier, Ben“, erinnerte sie ihn.
Ben schien wieder zu sich zu kommen. „Nein, das ist er nicht“, stimmte er zu. „Und an die Hitze gewöhnt man sich.“
Das Palmenhaus war nicht nur so groß wie eine Kathedrale, sondern auch drinnen ähnlich wie eine Kirche aufgebaut. Das

Gebäude hatte die Form eines großen Kreuzes mit zwei kurzen Abzweigungen auf halber Höhe. In der Mitte führten zwei lange Gänge von einem Ende des Gebäudes zum anderen. Dazwischen standen unzählige Holzbottiche, die als riesige, hüfthohe Blumentöpfe dienten. In ihnen hatte man die Bäume und Sträucher angepflanzt. Der Fußboden bestand aus einem Eisengitter und unter den Füßen der Besucher rieselte unbemerkt das Wasser. Das Gewächshaus war gut erleuchtet, da das Licht der untergehenden Sonne durch die Glaswände strömte. Aber Jack war klar, dass sie sich schon bald in völliger Dunkelheit wiederfinden würden, wenn die Sonne ganz untergegangen war.

Sie gingen weiter zur Mitte des Gebäudes und suchten einen der Hauptgänge ab.

„Also, wir sind ja zu viert", sagte Adensnap. „Zwei von uns können sich dieses Ende des Gebäudes vornehmen und zwei das andere. Zusammen finden wir dann bestimmt ..."

Ben schüttelte den Kopf. „Nicht nötig, Sir", bemerkte er ruhig. Er schloss die Augen und atmete tief ein, sog den Geruch der Luft ein. Er drehte sich in die eine Richtung, dann in die andere, und schließlich entschied er sich für einen Gang zu ihrer Linken. Er atmete noch einmal ein. „Hier geht es lang."

„Das ist ja echt beeindruckend, Ben", sagte Emily.

Er schüttelte erneut den Kopf. „Wenn du einmal den Duft dieser Rose in der Nase gehabt hast, vergisst du ihn nie wieder", erklärte er.

Und dort war sie, die Blutrose, ein kleiner Strauch, angepflanzt in einem Bottich am hinteren Ende des Palmenhauses. Die Freunde scharten sich um den Strauch, um die glänzenden dunkelgrünen Blätter und die blutroten Rosen zu betrachten. Hier sah die Pflanze nicht so eindrucksvoll aus wie in Mexiko. Vielleicht war selbst im feuchtwarmen Palmenhaus das Klima nicht ganz das

Richtige für sie.
Die gefährlichen, gekrümmten Dornen und der betörende Duft unterschieden sie von anderen Rosen.
Jack hielt unvorsichtigerweise seine Nase in die Blütenblätter, schnupperte, wich sofort zurück und musste würgen. „Jetzt verstehe ich, was du mit dem unvergesslichen Duft gemeint hast", sagte er zu Ben, der grinste.
„Etwas kleiner als der Rosenstrauch, den du letztes Mal gesehen hast, nicht wahr?", bemerkte der Professor.
„Wir brauchen ja nur ein bisschen", meinte Emily.
„Ganz genau, ganz genau", stimmte Adensnap zu. Er zog seine Uhr aus der Westentasche und überprüfte die Zeit. Dann warf er einen Blick zur Sonne. „Fast schon Sonnenuntergang", sagte er und wandte sich an Emily. „Willst du die ehrenvolle Aufgabe übernehmen, meine Liebe? Pflück' gleich einen ganzen Stängel. Wir können ihn dann in etwas Wasser stellen."
Emily bückte sich und legte vorsichtig die Finger um den nächstgelegenen Stängel und versuchte, dabei nicht mit den Dornen in Berührung zu kommen. Sie sah aus dem Fenster und ließ die Sonne nicht aus den Augen. Am dunklen Horizont von Kew waren die gezackten Umrisse von Bäumen zu erkennen und Emily beobachtete, wie der golden leuchtende Sonnenball allmählich hinter den schwarzen Bäumen verschwand. Als die Sonne nicht mehr zu sehen war, riss sie den Stängel aus und hielt ihn hoch, sodass ihn alle sehen konnten. „Wir haben ihn", verkündete sie und legte den Stängel in ihre Tasche.
Die Jungen grinsten. Adensnap applaudierte höflich. „Nun müssen wir das Zaubergemisch brauen", sagte er.
„Professor!" Der Ruf hallte durch das Palmenhaus und alle drehten sich um, um zu sehen, was los war.
Jack erkannte die Stimme, auch wenn er den Mann nicht sehen

konnte. Es war der Wärter.
„Schon unterwegs“, antwortete der Professor fröhlich. „Wir haben gefunden, was wir suchten.“
„Ich wollte nur sagen, dass Ihr Kollege hier ist, Sir.“
Die Freunde sahen sich fragend an.
„Ich erwarte niemanden“, murmelte Adensnap.
Sie machten sich auf den Rückweg zum Eingang und tasteten sich durch das düstere Zwielicht, das jetzt das Palmenhaus erfüllte. Als sie um die Ecke bogen und auf die Tür zugingen, sahen sie zwei Gestalten davor stehen – den Wärter und einen großen Mann mit einem langen Mantel und einem breitkrempigen Hut.
Das Gesicht des Wärters erhellte sich. „Ah, da sind Sie ja, Professor! Ich habe gerade zu Ihrem Kollegen hier gesagt ...“
Während der Wärter noch sprach, ließ der andere Mann seinen Mantel auf den Boden gleiten und setzte seinen Hut ab. „Sonnenuntergang“, zischte er. „Endlich kann ich mich wieder frei bewegen!“ Seine Augen fielen auf Ben und glommen in einem schrecklich vertrauten Rot.
Ben blieb wie angewurzelt stehen. Es war der Butler, Mr Brown.

22

„Versteck' dich hinter mir, Emmy", sagte Ben scharf. Er machte einen schnellen Schritt zur Seite und trat schützend vor seine Schwester.

Jack erinnerte sich an die große dunkle Gestalt, die er vor dem Museum zu sehen geglaubt hatte, und an sein ungutes Gefühl, beobachtet zu werden. Offenbar war Mr Brown den Freunden gefolgt – dick eingepackt und durch Hut und Mantel gegen die Sonne geschützt. „Was haben Sie gemacht? Sind Sie heimlich hinten auf unserer Kutsche mitgefahren?", wollte Jack wissen.

„Das schien mir die einfachste Möglichkeit, eure Spur zu verfolgen", bestätigte Mr Brown Jacks Vermutung. Er lächelte und sein Grinsen wurde wie das seines Herrn immer breiter, bis es sein Gesicht von Ohr zu Ohr zu spalten schien. Es sah abscheulich und doch seltsam faszinierend aus.

„Gütiger Gott!", rief Adensnap erschüttert. Und Jack wurde bewusst, dass der Professor ja zum ersten Mal einem echten Vampir gegenüberstand.

Der Wärter starrte Mr Brown ebenfalls fassungslos an. „Was – ", begann er.

Wie beiläufig streckte Mr Brown beide Hände aus, packte den Kopf des Mannes und drehte den Hals herum. Ein widerliches schnappendes Geräusch war zu hören, und der Wärter fiel leblos auf das Eisengitter. Mr Brown bückte sich, um dem Wärter die Schlüssel abzunehmen, und machte dann kehrt, um die Tür des Palmenhauses abzuschließen. Eilig schien er es nicht zu haben.

Er ließ gerade die Schlüssel in seiner Tasche verschwinden, als Emily auf ihn zurannte und ausholte, um ihm mit der dornigen Blutrose ins Gesicht zu schlagen. Die Augen des Butlers weiteten sich vor Erstaunen, aber er duckte sich im letzten Moment und die Dornen verfehlten ihn um Haaresbreite. Er holte mit einer Hand aus, erwischte Emily am Kiefer und schleuderte sie in eine Palme. Sie schlug sich an der Kante des Kübels den Kopf auf und sackte bewusstlos zu Boden.

„Emmy!“, schrie Ben entsetzt.

Mr Brown sah, dass Ben abgelenkt war, und wandte sich in seine Richtung, um ihn anzugreifen. Aber Jack hatte schon viele Kämpfe erlebt und die Körpersprache des Butlers verstanden. Als der Vampir sich auf Ben stürzte, stieß Jack seinen Freund energisch zur Seite.

Mr Brown landete auf dem Eisengitter, wo Ben vor weniger als einer Sekunde gestanden hatte. Sofort wirbelte er wieder herum, um den Jungen vor Ärger fauchend entgegenzutreten. Er hob seine Hände und die Finger begannen sich zu verändern und in grausame Krallen zu verwandeln.

Während der Vampir seine Kräfte für den nächsten Angriff sammelte, sah Jack, wie Adensnap zu Emily lief und ihren bewusstlosen Körper in Sicherheit brachte. Die Blutrose war nirgends zu sehen. Emily musste sie wohl fallen gelassen haben, als sie gestürzt war. Jack stieß Ben vor sich her und ging langsam um Mr Brown herum, bis er selbst und der Butler mit dem Rücken zu der Stelle standen, wo Emily hingefallen war.

Der Vampir drehte sich um, um den Jungen weiterhin in die Augen sehen zu können, und ging dann langsam auf sie zu. Instinktiv wichen sie zurück, wobei Jack hinter seinem Rücken die ganze Zeit nach dem Kübel tastete, gegen den Emily gefallen war.

„Benedict Cole“, knurrte der Vampir. „Unser Herr und Gebieter

befiehlt, dass du sterben sollst – langsam und grausam. Alles Weitere hat er mir überlassen." Er sah Jack hungrig an und leckte sich die Lippen. „Jung, gesund, voller Leben und Energie – du wirst ein köstliches Festmahl abgeben und ich werde jeden Tropfen genießen. Ich werde trinken und trinken, bis du ganz leer bist."
Jack spürte den Blumenkübel hinter sich und griff sofort hinein. Seine Finger tasteten nach der Blutrose.
Ben verstand, was sein Freund da machte, und versuchte, Zeit zu gewinnen. „Was ist mit meiner Schwester, mit Emily?", rief er. „Und mit dem Professor? Was werden Sie mit denen machen?"
„Den alten Mann werde ich in einen von uns verwandeln", sagte Mr Brown nachdenklich. „Sein Blut wird verbraucht und lasch sein, aber er hat Wissen im Kopf, das vielleicht für unseren Herrn von Nutzen sein könnte. Und das Mädchen, die auch zu den Feinden des Herrn gehört", grübelte er und lachte dann in sich hinein. „Ja. Ich hab's! Das Mädchen werde ich auch verwandeln, und sie wird es sein, die dann dich aussaugt, Cole. Das Letzte, was du siehst, wird deine Schwester sein, wie sie ihr erstes Mahl als Vampir zu sich nimmt. Das ist Gerechtigkeit, die dem Herrn gefallen wird." Mr Brown lächelte wieder, als hätte er einen besonders schlauen Entschluss gefasst. „Und nun, kleiner Cole, ist es an der Zeit, deinen Freund sterben zu sehen." Und damit stürzte sich der Vampir auf Jack.
Jacks Suche nach der Blutrose war bisher vollkommen vergeblich gewesen, aber gerade in dem Moment, als er den Butler auf sich zuspringen sah, spürte er einen stechenden Schmerz in der rechten Handfläche und wusste, dass er den dornigen Stängel der Rose gefunden haben musste. Ohne auf den Schmerz zu achten, umfasste er den Stängel fest und hielt ihn zwischen sich und den Vampir.
Der Vampir war drauf und dran, sich auf Jack zu werfen, und für

Ben, der die Szene beobachtete, sah es so aus, als müsse Mr Brown unausweichlich in die Dornen fallen. Aber der Butler bemerkte die Gefahr in letzter Sekunde und tat das einzig Mögliche, um sich zu retten – er verwandelte sich in eine Fledermaus, wich Jack haarscharf aus und verschwand in den Schatten der Palmen.

Erst jetzt bemerkte Jack, dass er die ganze Zeit den Atem angehalten hatte. Er stieß einen tiefen Seufzer der Erleichterung aus.

„Das war aber verdammt knapp", sagte Ben und Jack stimmte ihm mit einem heftigen Nicken zu. „Jetzt lass uns Emily und den Professor finden und versuchen, hier rauszukommen", schlug Ben vor. „Emmy! Emily! Wo bist du?", rief er.

Keine Antwort. Ben holte tief Luft, um noch einmal nach ihr zu rufen, aber Jack legte einen Finger auf seine Lippen. „Sie sagen nicht, wo sie sind", flüsterte er Ben zu. „Mr Brown könnte sie schließlich noch vor uns entdecken."

Ben nahm die Blutrose und trug sie wie ein Schwert vor sich her. „Bleib dicht bei mir, Jack", sagte er streng. „Wir werden sie zusammen finden."

Langsam gingen die Jungen den Gang hinunter und strengten ihre Augen an, um in der Dunkelheit sehen zu können. Die Palmen, die bei Tageslicht so graziös und elegant aussahen, wirkten in der zunehmenden Dämmerung unheimlich und bedrohlich. In jeder von ihnen konnte sich ihr Feind verstecken. Viele konnten leicht einem ausgewachsenen Mann Schutz bieten, ganz zu schweigen von einem Wesen von der Größe einer Fledermaus.

„Professor, wenn Sie mich hören können", rief Ben, „wir haben die Rose. Warten Sie, und wir kommen und finden Sie."

Sie waren schon fast am anderen Ende des Palmenhauses, als ein paar tief hängende Palmenwedel Jack die Mütze vom Kopf fegten. Schnell bückte er sich, um sie aufzuheben, und als er sich wieder aufrichtete, blickte er in die schattigen Sträucher.

Zwei rote Augen starrten zurück.
Jack kreischte, als die Fledermaus auf ihn zuflog. Der Vampir war schon dabei, wieder Menschengestalt anzunehmen, packte beide Jungen und zog sie zu Boden. Jack landete mit einem dumpfen Schlag, der ihm den Atem nahm. Ben versuchte, Mr Brown mit der Blutrose zu kratzen, aber der Butler ergriff schnell sein Handgelenk, hielt es mit eisernem Griff und drückte zu. Ben schrie vor Schmerz auf und versuchte sich zu wehren, aber gegen die unmenschliche Kraft des Vampirs kam er nicht an. So sehr er sich auch bemühte, er konnte nicht verhindern, dass sich sein Griff um den Stängel der Blutrose lockerte.
„Lass sie fallen“, knurrte der Vampir, „oder ich reiß dir auf der Stelle den Arm ab.“ Diese Drohung hätte er sich sparen können. Bens Hand war schon ganz taub und die Rose glitt ihm aus den Fingern.
Mr Brown packte Ben mit einem Arm und hob den wild um sich schlagenden Jungen hoch. Er schleuderte ihn durch das Palmenhaus und wandte sich dann Jack zu.
Jack kroch gerade auf allen vieren über den Boden und hatte die Blutrose fast erreicht, doch bevor er danach greifen konnte, packte Mr Brown ihn an der Schulter und zerrte ihn hoch. Jack spürte, wie die andere Hand des Vampirs an seinen Haaren zog und seinen Kopf nach hinten riss, sodass sein Hals freilag. Er schielte hoch und blickte Mr Brown ins Gesicht. Der Butler lächelte und seine Vampirzähne glänzten bedrohlich, als er sich zu Jacks Hals hinunterbeugte. Jack schloss die Augen und hörte auf das Pochen seines eigenen Herzens, während er auf den Biss des Vampirs wartete.
Das Nächste, was Jack mitbekam, war ein stechender Schmerz – aber an seiner Wange und nicht am Hals, wie er erwartet hatte.
Mr Brown schrie auf und ließ Jack los. Jack ergriff taumelnd die

Flucht und blickte dann zurück, um zu sehen, was geschehen war. Zu seinem Erstaunen sah er, wie Emily mit der Blutrose auf den Butler einschlug. Dünne rote Striemen zeigten sich auf dem Gesicht des Vampirs. Torkelnd wich er zurück und hielt sich den Kopf. Dann schrie er noch einmal und stürzte auf den eisernen Boden.

Entsetzt und fasziniert zugleich beobachtete Jack, wie Mr Browns Haut überall Risse bekam. Dann platzten die Risse auf und Jack konnte sehen, wie sich die Eingeweide des Butlers in eine grobkörnige graue Pulvermasse verwandelten, die sich hob und senkte. Und dann verschlang die Pulvermasse den ganzen Körper des Vampirs und zerfiel zu einem Haufen Asche. Die Kleider, die er getragen hatte, lagen noch da. Aus seinem Kragen und seinen Ärmeln rieselte etwas Asche und fiel durch das Gitter.

Ziemlich mitgenommen rappelte Ben sich auf und humpelte zu Jack hinüber – und zu Emily, die stolz die Blutrose schwang.

„Wer hätte das gedacht?", sagte sie. „Sie ist wirklich giftig für Vampire."

Emily schien etwas wackelig auf den Beinen zu sein. Ihr langes Haar war zerzaust und von ihrer Stirn tropfte etwas Blut. Adensnap kam dazu und bot ihr seinen Arm.

„Du meine Güte!", sagte er etwas verwirrt. „Du meine Güte!"

Die kleine Gruppe versammelte sich um die Überreste des Vampirs.

„Wir haben es tatsächlich geschafft, nich?", sagte Jack. „Wir sind echte Vampirkämpfer!" Er fuhr sich über sein zerkratztes Gesicht und betrachtete nachdenklich das Blut an seinem Finger. Sein Blut. Es war ihm noch nie so wertvoll vorgekommen.

„Ja. Ja, das sind wir", stimmte Ben stolz zu. Er blickte zu Professor Adensnap hinab, der sich gebückt hatte, um aus dem Haufen, der einmal Mr Brown gewesen war, die Schlüssel für das Palmenhaus

herauszufischen. „Wollen wir dann nicht gehen und dieses Zaubergemisch brauen, Sir?“, fragte er.
Der Professor stand mit dem Schlüsselbund in der Hand auf. „Ja, natürlich!“, antwortete er.
Sie machten sich auf den Rückweg zur Tür, neben der noch immer die Leiche des Wärters lag. Sein Genick war gebrochen, so schlimm, dass sein Kopf fast über seine Schulter guckte. Es hatte gar keinen Sinn zu überprüfen, ob er noch lebte.
Emily sah schnell weg. „Der arme Mann“, flüsterte sie.
„Wenigstens ist er richtig tot“, sagte Ben mit schonungsloser Offenheit. „Es könnte schlimmer sein.“
„Wir sollten ...“, begann Emily.
„... jemandem Bescheid sagen?“, fragte Ben. Er schüttelte bedauernd den Kopf. „Es tut mir Leid, Emmy, aber ich glaub', das können wir nicht. Du weißt ja noch, wie die Polizei das letzte Mal reagiert hat.“
„Er hat Recht, meine Liebe“, sagte Adensnap traurig. „Wir sollten hier verschwinden, bevor uns jemand findet. Es geht mir auch gegen den Strich, aber wir können es uns im Moment nicht erlauben, eingesperrt zu werden.“
„Aber er wurde ermordet“, protestierte Emily.
Ben legte einen Arm um ihre Schultern. „Ja, und du hast seinen Mörder vernichtet“, gab er zu bedenken. „Das ist doch Gerechtigkeit – in gewissem Sinne. Komm schon, Emmy. Es gibt nichts mehr, was wir tun können.“ Er warf noch einen Blick auf die Leiche. „Doch, etwas können wir tun“, verbesserte er sich. „Wir können dafür sorgen, dass dieser Mann der letzte Tote ist.“

23

„Jetzt!“, rief Jack, als sich die ersten goldenen Sonnenstrahlen über den Horizont ergossen.

Der Professor kippte die smaragdgrünen Blätter der Blutrose in das Zaubergebräu, das auf dem Herd seiner kleinen Wohnung in Paddington vor sich hin dampfte und köchelte. Sofort durchflutete ein warmer, süßer Rosenduft den Raum.

Sie waren alle erschöpft gewesen, als sie am Abend zuvor das Haus des Professors erreicht hatten. Emily hatte Mrs Mills eine Nachricht schicken wollen, um ihr mitzuteilen, dass sie in Sicherheit waren, aber Ben war überzeugt, dass Bedford Square beobachtet würde, und so hatten sie sich nicht getraut, eine Nachricht zustellen zu lassen, die von Camazotz’ Dienern abgefangen werden könnte.

Adensnaps Haushälterin hatte sich um sämtliche Beulen und blauen Flecken gekümmert, und dann hatte der Professor darauf bestanden, dass sie versuchen sollten, etwas zu schlafen. Er hatte Emily hinauf in das Gästezimmer geschickt, während Ben und Jack sich die Couch im Wohnzimmer geteilt hatten. Tatsächlich aber hatte die Aufregung sie alle wach gehalten und sie waren glücklich, endlich die Arbeit an dem Zaubergebräu beginnen zu können, als die Uhr vier Uhr morgens schlug.

Es war nicht gerade das einfachste Gebräu, das sie da zubereiten mussten. Die Blätter der Blutrose mussten bei Sonnenuntergang gepflückt und bei Sonnenaufgang zur Zauberflüssigkeit gegeben werden. Emily und der Professor hatten die Zutaten vorbereitet

24

Draußen war es bereits hell. Drinnen im Haus des Professors aber herrschte hinter zugezogenen Vorhängen noch Dunkelheit. Das Schnarchen des alten Mannes hallte durch das Treppenhaus.
Emily schlich leise die Treppe hinunter, um Ben und Jack in der Diele zu treffen. Dann schlüpften die drei in die Küche und füllten eine Metallflasche mit dem wertvollen Blutrosengemisch. Vorsichtig verstaute Emily die Flasche und das alte Pergament mit der entscheidenden Beschwörungsformel für das Verbannungsritual in ihrer Tasche.
Die drei Freunde wechselten einen Blick und dann öffnete Ben wortlos die Haustür und sie traten hinaus, um sich dem Tag zu stellen – und dem Vampirgott Camazotz.

Eine Stunde später waren die Freunde wieder in Mayfair.
Der Plan stand fest. Das Pergament schrieb vor, dass das Ritual an einem Ort durchgeführt werden sollte, in dem Camazotz besonders viel Macht besaß. Sie wussten, dass er sich tagsüber im Keller von Sir Donald Finlays Haus aufhielt. Und sie hatten gesehen, was sich dort unten befand: die Kiste, in der er schlief, der Altar, die Kerzen, das Bildnis und sogar die Leichen der Geopferten. Mehr als jeder andere Ort war dieser Keller eine Stätte der Macht. Und die Kinder wussten, wie man hineinkam.
Also führte Jack seine Freunde erneut zum Hintereingang des Hauses. Es war nicht schwer, die Stallgasse zu finden, die hinter Sir Donalds Villa begann. Die Rückseiten der hohen Häuser

ragten bedrohlich über die Stallungen, aber die Stallgasse selbst lag in der Sonne und wirkte hell und freundlich. Jack fühlte sich sicher. Er hatte die Augen offen gehalten und sich nach Fremden umgesehen, aber er hatte keine verhüllten Gestalten entdecken können, die sich vor der Sonne verbargen.

Schließlich standen sie am Ende der Gasse zwischen Sir Donalds Haus und der benachbarten Villa. Zwei Nächte zuvor waren sie durch diesen Backsteingang geflohen. Die Sonne fand kaum einen Weg zwischen den hohen Wänden zu beiden Seiten und so sah der Gang nicht gerade einladend aus.

„Niemand zu sehen", sagte Jack.

Dass kein Mensch in der Nähe war, konnten sie alle sehen – an den bloßen glatten Wänden hätte sich nicht einmal eine Fledermaus verstecken können. Und dennoch ...

Ben schluckte. „Also, dann kommt." Er straffte die Schultern und ging die Gasse hinunter. Jack und Emily folgten ihm.

Jetzt waren sie bereits an der Gartenmauer vorbei und Bens Augen waren auf den Boden geheftet. „Der Kohlenschacht war ungefähr hier", sagte er. „Oh!"

Er hatte die Stelle gefunden, wo sie aus dem Keller heraufgekrabbelt waren, um den Vampiren zu entkommen. Aber die kleine Luke war nicht mehr da. Jemand hatte sie sorgfältig zugemauert. Die Steine sahen sauber und neu aus und hoben sich deutlich von den älteren rußgeschwärzten Ziegeln daneben ab.

Ben starrte auf die Stelle, wo die Luke gewesen war. „Verdammt", flüsterte er.

Emily nahm langsam ihren Rucksack ab und öffnete ihn. „Ich hatte gehofft, dass wir das hier nicht brauchen würden", sagte sie.

Die Jungen reckten die Hälse, um in den Rucksack zu spähen. Da waren die Flasche mit dem Zaubergemisch und das Pergament. Und unter ihnen lag der Blutrosenstängel – ohne die Blätter, die hauses und sah die dunklen Umrisse von Vampiren, die in den Schatten kauerten und warteten ...

Fest umfasste er seine Blutrose und nahm all seinen Mut zusammen. „Kommt her!“, rief er und sein Schrei hallte durch das Treppenhaus. „Kommt her und kämpft!“

Die Vampire krochen aus den Schatten und kamen auf ihn zu. Emily riss die Haustür weit auf, sodass Sonnenlicht über den Fußboden flutete. Die Vampire sprangen zurück. Bevor sie begreifen konnten, was er tat, rannte Jack zum Fenster rechts neben der Haustür und zerrte die Vorhänge auf. Noch mehr Sonnenstrahlen strömten in die Diele und einige der Vampire konnten sich nicht rechtzeitig in Sicherheit bringen. Ein Übelkeit erregender Geruch nach verbranntem Fleisch erfüllte den Raum.

Ein weiblicher Vampir – jung und gut gekleidet –, der offensichtlich einmal eine wohlhabende Dame gewesen war, geriet mitten in die Fluten des Sonnenlichts. Sie schrie entsetzlich und schien in ihrem prächtigen Seidenkleid zusammenzuschmelzen. Vor Jacks Augen löste sich die Frau auf, bis sie nur noch ein Haufen Asche war, umgeben von meterweise glänzender blauer Seide.

Jack riss sich von dem grausigen Anblick los und sah, dass Ben die Vorhänge des anderen Fensters aufgezogen hatte. Jetzt erstreckte sich ein großer Sonnenfleck durch die Diele. Damit hatten die Freunde ihr Schlachtfeld, um das sich die Vampire versammelten und im Schutze der Schatten immer näher rückten.

Es waren so viele, dass die Vampire in den hinteren Reihen die anderen nach vorne in den Kampfplatz und damit ins Sonnenlicht stießen. Anscheinend war es ihnen egal, dass die Sonnenstrahlen ebenso viele ihrer Kameraden vernichteten wie Jack, Ben und Emily mit der Blutrose. Ohne die Toten und Vernichteten zu beachten, drängten sie unablässig vorwärts und immer neue Vampire tauchten aus den Schatten auf.

Jack und Emily waren entschlossen, den nicht enden wollenden Strom der Vampire zu bekämpfen. Emily rief Ben etwas zu, damit er sich auf den Weg in den Keller mache, während sie und Jack die Vampire in Schach hielten.
Ben blickte zur Kellertür hinüber. Sie befand sich auf der sonnenerleuchteten Seite der Diele, aber trotzdem war da noch ein schmaler Streifen Schatten entlang der ganzen Wand, wo das Licht vom Fenster nicht ganz hinkam. Ben sah zu seiner Schwester und seinem Freund. Seine Augen begegneten Jacks Blick. Der Freund nickte ihm zu und stellte sich erneut den angreifenden Vampiren. Ben hastete auf den Keller zu.
Schon bemerkten mehrere Vampire sein Vorhaben und rannten los, um ihn davon abzuhalten, aber Ben hatte einen Vorsprung und erreichte die Tür zuerst. Er drehte den Knauf. Für einen Moment hatte er die schreckliche Vorstellung, dass Camazotz von innen abgeschlossen haben könnte – aber die Tür schwang leicht auf und Ben sprang hindurch und in die Dunkelheit dahinter.
Am Ende der Treppe verlangsamte Ben seinen Schritt. Es schien alles so zu sein, wie er es in Erinnerung hatte, nur dass weniger Kerzen brannten, sodass der Raum dämmeriger war als zuvor. Ein widerlicher Geruch von Feuchtigkeit und Blut stieg ihm in die Nase. Er wandte sich dem blutgetränkten Altar auf der anderen Seite des Raumes zu. Die goldene Fledermaus und die goldene Krone waren noch da. Die abscheuliche Statue von Camazotz beherrschte noch immer den Altar. Wenn sich seine Fratze überhaupt verändert hatte, so hatte Ben das Gefühl, dass sie noch bösartiger dreinblickte als das letzte Mal. Er schauderte und sah weg.
Sein Blick fiel auf die lange Holzkiste neben dem Altar. Dort drinnen, in dieser beengten Kiste, lag das grausamste Wesen der Welt und Ben wusste, dass er allein die Möglichkeit hatte, ihm das Handwerk zu legen.

Er zog die Flasche mit dem Zaubergemisch aus seiner Tasche und schraubte den Deckel auf. Dann holte er das Pergament hervor. Über ihm konnte er das Getöse des Kampfes hören. Und mit Erleichterung stellte er fest, dass alle Schreie von den Vampiren kamen.

Ben holte tief Luft. Das Zaubergemisch in der einen, das Pergament in der anderen Hand ging er auf die Kiste zu.

Er konnte keinen Riegel oder Griff entdecken, aber der Deckel lag nur locker auf. Er klemmte sich das Pergament unter den Arm, umfasste mit den Fingern den Rand und riss den Deckel hoch. Dann griff er wieder nach dem Pergament, bereit, die Beschwörungsformel vorzulesen.

Doch das, was er in der Kiste sah, ließ ihn innehalten. Denn da war nichts. Keine Spur von Camazotz. Die Kiste war leer.

„Nein!“, rief er enttäuscht. „Nein, das kann nicht sein!“

„Oh-h-h doch-ch-ch.“ Ben hörte die Antwort genau. Die ganze Luft um ihn herum schien spöttisch zu wispern.

Ben wirbelte herum und versuchte zu erkennen, wer – oder was – da gesprochen hatte.

Als er sich umdrehte, tauchte aus den Schatten auf der anderen Seite des Altars Camazotz auf – Camazotz in der Gestalt Sir Donalds. Seine Augen flackerten rot im Kerzenlicht.

25

„So, so“, begann Camazotz. Ben kam es vor, als würde er zwei Stimmen hören. Das eine war Sir Donalds normale Stimme – auch wenn sie kalt und fern klang und nicht warm wie zu seinen Lebzeiten. Die andere schien aus der Luft des Raumes zu strömen. Es war eine unheilvolle, tiefe Schwingung, die nicht aus einer menschlichen Kehle kommen konnte, und Ben fühlte die Worte eher, als dass er sie hörte.

„Du hast die Blutrosenmischung. Eine ganz schön giftige Flüssigkeit für einen kleinen Jungen“, fuhr Camazotz fort.

„Ich komm schon damit zurecht“, sagte Ben trotzig. „Du auch?“ Und damit rannte er auf Camazotz zu und hob seine Hand, um das Zaubergemisch über Sir Donalds Körper zu kippen.

„Halt!“, donnerte der Gott.

Und ohne es zu wollen, blieb Ben tatsächlich stehen. Irgendeine Macht umgab ihn wie dicker Sirup, der ihn versinken ließ und jede Bewegung unmöglich machte. Ben stand wie angewurzelt. Er hielt noch immer die Flasche und das Pergament umklammert, aber war nicht in der Lage, sie zu benutzen.

Camazotz kam näher und studierte das Pergament. „Das Zaubergemisch und das Ritual! Da wart ihr ja ganz schön fleißig.“ Er lachte ein tiefes, kehliges Lachen. „Schon einmal ist das Ritual der Blutrose gegen mich verwendet worden. Chacs Armeen brauchten einen Tag und eine Nacht, um sich mir überhaupt zu nähern. Meine Diener bekämpften sie mit allen Mitteln. Und da kommt ihr drei einfach so daher – zwei Jungen und ein Mädchen!

Ihr habt die Macht meiner Diener unterschätzt. Ihr müsst bedenken, sie besitzen keinen anderen Willen als den meinen. Sie müssen nicht um ihr Leben fürchten, weil sie schon tot sind. Es gibt kein Opfer, das sie nicht für mich bringen würden. Wie könnt ihr da an euren Sieg glauben?"

Er musterte Ben noch einen Moment. „Es ist gut, dass Brown seinen Auftrag nicht erfüllt hat. Du bist eindeutig stärker, als wir dachten, und wirst ein guter Diener sein. Aber bevor ich dich verwandle, wird dein sterbliches Ich von mir das Geschenk der Verzweiflung empfangen."

Camazotz deutete auf das Pergament, das Ben noch immer in der Hand hielt. Die Ränder wurden schwarz und begannen sich zu kräuseln. Das Papier gab eine Rauchwolke ab und ging dann in Flammen auf. Ben starrte entsetzt auf seine Hand, als seine Haut zu brennen begann. Der Schmerz war unbeschreiblich, aber er konnte sich nicht rühren, um sich zu helfen. Verzweifelt beobachtete er, wie die Worte der Beschwörungsformel von den Flammen verzehrt wurden.

„Und jetzt", befahl Camazotz, „kipp das Zaubergemisch weg."

Entgegen seinem Willen spürte Ben, wie sich sein Handgelenk zu drehen begann.

Jack und Emily standen vor der Kellertür und wehrten die unzähligen Vampire ab, die sie angriffen. Einer nach dem anderen wurden die Vampire von den tödlichen Dornen der Blutrose vernichtet, aber es rückten immer wieder neue nach. Und mit ihren grausamen Krallen gelang es den Vampiren, Jack und Emily ein paar böse Verletzungen zuzufügen, bevor sie zu Asche zerfielen.

Jack hatte eine tiefe, rote Schnittwunde im Gesicht und Emily einen langen blutenden Striemen am Hals. Mit der Blutrose zu kämpfen war wie ein zweischneidiges Schwert zu führen, denn die

heimtückischen Dornen machten keinen Unterschied zwischen Vampiren und Menschen. Die Hände der Freunde waren bedeckt mit Blut und Kratzern.
Plötzlich begannen die Vampire zurückzuweichen.
Emily sah sich verwirrt um. „W-wo gehen die hin?“, keuchte sie.
Jack beobachtete die sich entfernenden Vampire misstrauisch. „Ich weiß nich ...“, sagte er. Und dann schrie er auf und duckte sich, als eine Vampirfledermaus auf ihn zuflog. Er sprang hoch und spürte, wie die Blutrose den Tierkörper streifte. Die Fledermaus drehte ab und zerfiel zu Asche.
Anscheinend hatten die Vampire es aufgegeben, in ihrer menschlichen Gestalt anzugreifen und waren nun zu dieser neuen Taktik übergegangen. Schnell kamen die Fledermäuse quer durch die Diele geflogen – mitten durch das Sonnenlicht. Ihre Flügel glühten etwas, wenn sie mit den Sonnenstrahlen in Berührung kamen, aber sie flogen so schnell und waren so gewandt, dass ihre Zähne und ihre Krallen in dieser Zeit durchaus eine große Wunde schlagen konnten.
Eine Fledermaus nach der anderen flog auf Jack und Emily zu, bis die Kinder schließlich von einem ganzen Schwarm umringt waren. Jack taumelte den angreifenden Fledermäusen entgegen und drosch wild mit der Blutrose auf sie ein. Aber er war gegenüber den vielen Tieren hoffnungslos unterlegen. Die Fledermäuse drängten ihn zurück in den Schatten, wo ihm jemand einen gewaltsamen Schlag auf den Kopf versetzte.
Jack fiel benommen zu Boden. Ein gestiefelter Fuß kickte ihm die Blutrose aus der Hand und zwei starke Arme zogen ihn hoch. Finger wie Stahl packten seinen Kopf und ein stämmiger Arm schloss sich um seinen Hals.
Emily war in die Mitte des Sonnenflecks gesprungen, um sich vor den Vampiren zu retten, und nun sah sie bestürzt zu Jack hin.

„Ergebe dich", rief eine harsche Stimme, „oder ich breche dem Jungen das Genick."

„Tu es nicht –", krächzte Jack. Der Arm schloss sich fester um seinen Hals und nahm ihm die Luft. Er starrte Emily stumm an und hoffte, dass sie sich nie ergeben würde, hoffte, dass der Vampir, der ihn festhielt, ihn hier und jetzt umbringen würde – in einer Welt, in der er und seine Freunde gescheitert waren, wollte er nicht leben.

Aber Emilys Augen füllten sich mit Tränen der Enttäuschung und sie ließ die Blutrose zu Boden fallen. Ein Vampir trat die Haustür zu, andere zogen die Vorhänge vor, und in der Diele herrschte wieder Dunkelheit. Ein paar kräftige Hände ergriffen Emily von hinten und sie hörte eine Stimme sagen: „Wir bringen sie zum Herrn."

26

Ben bemerkte nicht, dass der Lärm oben aufgehört hatte, denn er war vollkommen damit beschäftigt, sich gegen Camazotz' Willen aufzulehnen, was eine ungeheure Anstrengung erforderte. Der Geist des Dämonengottes hatte von seinem eigenen Geist Besitz ergriffen – eine unsichtbare Macht, die es darauf abgesehen hatte, seinen Körper zu kontrollieren und seiner Hand zu befehlen, die Flasche immer weiter und weiter zu kippen ...

„Ben!", schrie Emily.

Ben blickte erschrocken auf und sah Emily und Jack am Fuße der Kellertreppe stehen, Vampire zu beiden Seiten. Die Ablenkung unterbrach ihn in seiner Konzentration, die Flasche kippte und er verschüttete die Hälfte ihres wertvollen Inhalts. Er stand neben dem Altar, wo die steinernen Platten des Fußbodens herausgerissen worden waren, um jenen abscheulichen Steintisch zu bauen, und so versickerte das Zaubergemisch in der nackten Erde. Sofort verdoppelte Ben seinen Widerstand gegen Camazotz, aber es war zu spät. Er spürte, wie sich die Flasche in seiner Hand erneut neigte. Ein Tropfen lief über den Rand, dann noch einer und noch einer, und dann platschte der Rest der rosigen Zauberflüssigkeit auf den Boden.

Auf einmal lösten sich die Fesseln, die Ben festgehalten hatten. Er stolperte zurück und starrte entsetzt auf die feuchte Erde. In der Luft lag ein schwacher Rosenduft und dort, wo das verschwendete Zaubergemisch in den Boden gesickert war, waren noch ein paar Blasen zu sehen, aber das war alles.

Finsteres Lachen erfüllte den Keller – das unmenschliche, hallende Lachen von Camazotz. Seine menschliche Stimme war ganz verschwunden. Alles, was geblieben war, war der grässliche, triumphierende Tonfall des Vampirgottes der Mayas.

„Das ist das Ende!“, sagte er. „Kommt näher, Kinder. Kommt her und kniet vor mir. Tretet meiner Dienerschaft bei und ihr werdet die Ehre haben, mich in meiner wahren Gestalt zu sehen.“

Ben spürte, wie die unsichtbare Macht wieder von ihm Besitz ergriff und ihn zwang, einen Schritt nach vorn zu machen. Auch Emily bewegte sich auf Camazotz zu, doch Ben sah, dass sie sich dagegen sträubte.

Und Jack überraschte alle. Camazotz rechnete lediglich mit Widerstand. Er rechnete nicht damit, dass eines der Kinder aus eigenem Antrieb auf ihn zurennen würde. Aber Jack schoss nach vorn und klaubte eine Hand voll der feuchten, mit der Zauberflüssigkeit durchtränkten Erde zusammen. „Lies vor!“, rief er. „Lies die Worte vor!“ Und er schleuderte Camazotz die Erde entgegen.

Der Vampirgott brüllte vor Zorn und trieb Jack rückwärts durch den Keller.

„Ich kann nicht“, jammerte Ben. „Camazotz hat das Perga ...“

Aber da sprach Emily schon. Sie hatte bei der Übersetzung der Beschwörungsformel geholfen, sie hatte sie über dem Zaubergebräu aufgesagt, während es köchelte, und sie hatte sich die Worte gemerkt. „U bah ti akot hasaw-chan ...“, schrie sie.

Camazotz brüllte noch einmal und die Vampire kreischten in einem schauerlichen Chor. Zum zweiten Mal fühlte sich Ben von Camazotz' Einfluss befreit. Er warf sich auf den Boden, ergriff noch eine Hand voll der feuchten Erde und schleuderte sie dem Dämonengott entgegen.

„Camazotz u hun katun!“, sagte Emily.

Camazotz jaulte vor Schmerzen. Er griff nach der Erde in seinem Gesicht und versuchte, sie wegzuwischen. Aber seine Kraft schwand dahin.
„Camazotz kin winal tun ..."
Und die Vampire wankten. Als ihr Herr immer schwächer wurde, begannen auch sie ihre Macht zu verlieren. Sie konnten ihre Gestalt nicht mehr länger kontrollieren. Sie schien zwischen Fledermaus und gewöhnlicher Menschengestalt zu schwanken.
„Chuwen keh tu bah ha atun!"
Camazotz' Schrei wurde ohrenbetäubend. Die Freunde duckten sich und hielten sich die Ohren zu. Sir Donalds Gestalt brach auseinander, löste sich auf. Eine blendende rote Flamme schoss aus den Rissen in seiner Haut und sein Körper zerbröselte langsam zu Asche. Über dem Aschehaufen hing eine Rauchwolke und für einen kurzen Augenblick formte sie sich zu einem schrecklichen Gesicht – dem wahren Gesicht von Camazotz.
Jack bekam einen flüchtigen Eindruck von einer alten, bösen, entstellten Fratze mit glimmenden Augen, die endlose Schluchten in die Tiefen einer unvorstellbar alten Hölle zu sein schienen.
Jack hatte das Gefühl zu fallen, als er in diese Augen blickte, aber dann war die Fratze verschwunden und hatte sich in eine große Fledermausgestalt verwandelt. Vor Wut kreischend flog die Fledermaus durch den Keller. Dann schoss sie auf den Altar hinab und ergriff die goldene Fledermaus und die goldene Krone mit ihren Krallen.
Mit einem Grollen und dem Getöse zerberstender Felsen brach der Kellerfußboden auf und gab den Blick in einen klaffenden Abgrund frei. Der Altar bebte und die grauenvolle Camazotz-Statue krachte zu Boden. Als die Erdspalte weiter aufklaffte, kippte der Altar und stürzte in die Tiefe. Emily und Jack sprangen zurück, aber Ben stand schwankend am Rand und ruderte mit

lassen die Wunde waschen und versorgen. Es ist eine ritterliche Wunde, junger Cole. Eine ritterliche Wunde."
„Sie fühlt sich aber überhaupt nicht ritterlich an", murmelte Ben. „Sie tut einfach nur weh."
„Nun, ich denke, es ist Zeit für euch junge Leute, nach Hause zu gehen, jetzt wo all das vorbei ist", sagte der Professor. „Soll ich euch eine Kutsche rufen?"
Ben und Emily nickten begeistert, aber Jack war auf einmal ganz still geworden. Er dachte an seine Freunde, an alles, was sie zusammen durchgemacht hatten, und daran, was für ein Gefühl es gewesen war, zu einer Familie zu gehören – oder doch zumindest fast. Jetzt da „all das" vorbei war, wie der Professor gesagt hatte, nahm er an, dass auch alles andere vorbei war. Es war Zeit für ihn, nach Hause zu gehen – nach Hause in die Docks –, und auch wenn ein Teil von ihm sich darauf freute, seine alten Lieblingsplätze wiederzusehen, wurde ihm klar, dass ein größerer Teil von ihm nicht von seiner neuen Familie Abschied nehmen wollte.
Jack seufzte. Als er aufblickte, sah er, dass Emily ihn beobachtete. Sie lächelte und legte eine Hand auf seinen Arm, und – fast als hätte sie seine Gedanken lesen können – sagte sie: „Du hast doch vor, bei uns zu bleiben, Jack? Ben und ich haben gehofft, dass Bedford Square von nun an für uns alle ein Zuhause sein könnte ..."
Jack sah sie staunend und zweifelnd an – er war sich nicht ganz sicher, ob er seinen Ohren trauen konnte. Aber dann kam Ben zu ihm herüber und gab ihm einen Klaps auf den Rücken.
„Nun komm schon, Jack", sagte Ben. „Ohne dich würde doch was fehlen."
Jack wusste, dass das stimmte, und war so gerührt, dass er kein Wort herausbrachte. Stattdessen nickte er und lächelte Emily zu. Und Professor Adensnap klopfte ihm freundschaftlich auf die Schulter und trat leise zur Seite, um einen Wagen herbeizuwinken.

Schon bald fuhr eine vierrädrige Kutsche vor und der Professor und die Kinder kletterten hinein.
„Bedford Square, bitte“, sagte Ben und die Kutsche ratterte davon.

„U bah ti akot hasaw-chan …“